Gundula Göbel

# Trost

**Gundula Göbel** ist als Kinder- und Jugendlichen-Psychotherapeutin in der Nähe von Hamburg tätig. Aus ihrer Praxis weiß sie, wie Kindersorgen das Heranwachsen prägen. Ihr Buch *Schrei nach Geborgenheit. Emotionale Begleitung bis in die Pubertät* erschien 2013 in zweiter Auflage.

Gundula Göbel

# Trost

## Wie Kinder lernen, Traurigkeit zu überwinden

BELTZ

Die Namen der Kinder wurden zum Schutz ihrer Privatsphäre geändert.

MIX
Papier aus verantwortungsvollen Quellen
FSC® C089473

Dieses Buch ist auch als E-Book erhältlich:
ISBN 978-3-407-72741-1

www.beltz.de



www.beltz.de
© 2015 Beltz Nikolo in der Verlagsgruppe Beltz
Werderstr. 10, 69469 Weinheim
Lektorat: Tarek Münch
Gestaltungskonzept: Atelier Bea Klenk, Bea Klenk/Sabina Riedinger
Satz und Herstellung: Lelia Rehm
Umschlagfoto und Innenteilfotos: © Marlen Mauermann, außer S. 93: © mapapu GbR
Grafik Bindungsbaum, S. 23: © Gundula Göbel; grafische Umsetzung: Oliver Melzer
Druck und Bindung: Beltz Bad Langensalza GmbH, Bad Langensalza
Printed in Germany

ISBN 978-3-407-72740-4
1 2 3 4 5 19 18 17 16 15

# Inhalt

# WIE WIR TRÖSTEN

Unsere Beziehung zu Kindern hängt davon ab, **wie wir mit Emotionen umgehen** – mit den starken Gefühlen der Kinder und mit unseren eigenen.

## Balance finden

*Gefühle sind wie Farben* ist der Titel eines Bilderbuchs, in dem ganz unterschiedliche Gefühle von Kindern beschrieben werden. Die Vielfalt der Gefühle wie auch der Umgang mit ihnen wird anhand von Alltagssituationen anschaulich gemacht. Das Besondere an diesem Buch ist jedoch, dass zwei kleine Vögel Kindern und Erwachsenen Hinweise geben, wie Gefühle verstanden und interpretiert werden können.

### Empathie

Auch Trösten können wir nur, wenn wir die Gefühle unseres Gegenübers verstehen und angemessen darauf reagieren. Kinder sind feinfühlig. Wenn ein Kind Empathie von Seiten der Erwachsenen oder von anderen Kindern spürt, wird es von sich aus ganz Persönliches erzählen. Die meisten Kinder sind ehrlich und haben einen uneingeschränkten Zugang zu ihren tiefen Gefühlen. Durch sensibles und nicht bewertendes Miteinander können wir sie stärken und weiter ermutigen. Kindern, denen einfühlsames Verständnis von anderen Kindern und Erwachsenen entgegengebracht wird, finden individuelle Wege aus seelischer Not.

Kinder werden nicht nur von Erwachsenen getröstet, sondern trösten sich auch untereinander. Die nötige Empathie entsteht aus dem Vorbildverhalten der Eltern, ihrem Umgang mit dem Kind, dem Verhalten aller Erwachsenen im Umfeld und ein klein wenig auch aus der Persönlichkeit des Kindes.

## Was Kinder fühlen

Trauer, Ohnmacht, Sprachlosigkeit, Ärger, Eifersucht, Versagen, Einsamkeit, Stolz, Glück, Besorgnis, Schmerz, Langeweile, Neid, Freude, Abwehr, Hilflosigkeit, Ablehnung, Angst, Trotz, Verzweiflung, Leichtigkeit, Wut, Enttäuschung, Schuld, Unsicherheit, Minderwertigkeitsgefühl, Scham, Beschämung, Hass, Ekel, Zufriedenheit, Mut, Schüchternheit, Beleidigtsein, Zorn, Ungeduld, Gier, Frieden …

Die noch unkontrollierten, unmittelbaren Gefühle der Kinder machen vielen Erwachsenen Freude, aber manchmal auch Angst. Dazu kommen Zeitdruck, Überforderung und Stress, die kindlichen Gefühlen im Wege stehen. Dann fallen Sätze wie: »Ist doch nicht so schlimm«, »Hör auf mit dem Theater«, »Beruhig dich mal«, »Was sollen denn die Leute denken«. Grundsätzlich wollen Eltern das Beste für ihr Kind, aber manchmal müssen auch sie umlernen. Denn so, wie wir trösten, sind wir meist selbst in der Kindheit getröstet worden. Die eigenen Erfahrungen haben großen Einfluss darauf, wie wir als Eltern, Erzieher, Lehrer oder sonstige Fachleute Kinder trösten. In ihrem Buch *Die neue Elternschule* schreibt Margot Sundermann: »Viele Erwachsene können mit Stress nicht umgehen, weil ihnen in der Kindheit niemand bei Kummer geholfen hat.«

Erwachsene, die nicht gelernt haben zu trösten, können es aber lernen und ihre eigene Geschichte jederzeit ins Positive wenden. Denn für sein Handeln ist jeder selbst verantwortlich – vor allem als Eltern. Und Veränderung geht immer. Dieses Buch soll Sie bestärken und Ihnen Mut machen, die Gefühle Ihres Kindes zu verstehen.

Wie wir Kinder trösten und die ausgelebten Gefühle akzeptieren, hat auch mit der Grundeinstellung zu ihnen und dem persönlichen Menschenbild zu tun. Wie schwach oder stark darf Ihr Kind sein? Trost braucht die richtige Balance, dem Kind etwas zuzutrauen und es nicht zu schwächen durch zu viel oder unangemessenen Trost und dennoch feinfühlig und begleitend zu sein. Trost ist eine zwischenmenschliche Zuwendung. Er kann durch Blicke, Worte, Gesten und Berührungen gespendet werden. Die schmerzlichen Gefühle des Kindes werden so gelindert; es spürt, dass es nicht alleingelassen ist.

Trösten bedeutet nicht, ständig das Kind vom Schmerz abzulenken oder Medien als Tröster zu Hause einziehen zu lassen. Kinder sind abhängig von der direkten Zuwendung und der Liebe ihrer Bezugspersonen. Sie brauchen diese Liebe wie eine Blume das Wasser.

## Wann Kinder Trost brauchen

Bei Überforderungen und Überlastung; bei Müdigkeit und Übermüdung; wenn sie Schmerzen haben; wenn keiner sie versteht; wenn ihre Welt sich verändert; wenn die Welt anders ist, als sie es sich wünschen; wenn sie beschämt und erniedrigt werden; bei Verlusterfahrungen; bei Streit (ohne die Schuldfrage zu klären); wenn Geschwisterkinder oder Eltern eine Behinderung haben oder krank sind …

Ohne das Wasser kann die Blume nicht überleben, ohne die Liebe der Eltern verhungert ein Kind emotional. Kinder verleugnen sich eher selbst, als die Liebe der Eltern zu missen. Dann verdrängen sie ihre Gefühle, um die Zuwendung der Eltern nicht zu verlieren.

Wie nun das Trösten im Einzelnen aussehen sollte, hängt ab von der belastenden Situation, dem Alter und dem Entwicklungsstand des Kindes. Jede Kultur, Religion oder Familie kennt eigene Trostrituale. Väter und Mütter sind verschieden und haben unterschiedliche Lebensgeschichten, die sie geprägt haben. In diesem Buch sind immer wieder Situationen beschrieben, in denen es um das Trösten, Begleiten und Stärken von Kindern geht. Sie können als Anregungen genutzt werden – Standardsituationen gibt es aber keine!

## Trost in jedem Lebensalter

Die Gefühle der Kinder kommen aus dem Bauch heraus, sie sind noch nicht kontrolliert und verschlossen wie bei vielen Erwachsenen. Dadurch haben Kinder eine viel größere Gefühlspalette beim Ausdruck ihres Befindens zur Verfügung.

Emotionale Seismographen

Die meisten Kinder haben ein gutes Einfühlungsvermögen und dieses bewegt und berührt Kinder sehr. Sie spüren emotional fast alles, was in der Umgebung geschieht, und dazu noch alles, was in ihrer Fantasie geschieht. Positive oder negative Sätze der Erwachsenen prägen das Kind außerordentlich stark.

Kinder brauchen erwachsene Beschützer und einen gegenseitigen Umgang, der von Respekt geprägt ist. Ein Erwachsener muss »erwachsen« handeln, nicht aber das Kind, das weint, schreit, ängstlich schaut oder ausflippt. Es darf Kind sein und hat ein Recht auf Trost und Halt. Drohungen, Strafen, Ausgrenzungen und ständige Ablenkungen sind keine angemessenen Antworten auf seine Gefühle.

### Babys

Babys brauchen prompten Trost, da sie noch kein Zeitgefühl haben und ein ungestilltes Bedürfnis gleichsetzen mit Verlust bis hin zu Todesangst. Thomas Harms schreibt: »Werden die Grundbedürfnisse im Wesentlichen erfüllt, behält das Kind ein gutes Selbstsicherheits- und Ganzheitsempfinden.« Babys fühlen sich durch

»*Freude dauert sieben Tage, Traurigkeit aber ein Leben lang.*«

Aus Tunesien

Berührungen und Getragenwerden leicht getröstet. Bei einem Säugling brauchen Eltern keine Angst zu haben, ihn durch Verwöhnung zu verziehen. »Trost ist das eine, genauso wichtig ist aber die Reaktion der Eltern auf das Lachen des Babys, auf sein Lautieren.« Babys brauchen Verlässlichkeit und eine feinfühlige Beantwortung aller Gefühle.

Angemessenes Trösten ist die Grundlage für eine sichere Eltern-Kind-Bindung. Ein Zuviel an Geborgenheit, Schutz und Trost kann es für einen Säugling gar nicht geben. Der Trost eines Babys nach der belastenden Geburtserfahrung ist möglich und dringend notwendig durch das Stillen der Sehnsucht nach Nähe und Liebe, Zartgefühl und Geborgenheit. Gegeben wird dieses Trösten durch leichtes Schaukeln des Babys, Tragen, Berührungen, Massagen, Blickkontakt und das angemessene Beantworten seiner Signale. Mit dem Schreien des Säuglings, erklärt Thomas Harms, ruft das Baby die Eltern heran, damit sie schauen, was los ist, und den Mangel beheben. Das Baby braucht Trost. Durch das Erkennen seiner Lage können Eltern die Not des Babys beheben. Die meisten Eltern spüren intuitiv, wann die Bedürfnisse des Babys gestillt sind.

## Kinder

Auch Kleinkinder brauchen sichere Bezugspersonen, um Trost als Unterstützung, Erleichterung und Stärkung zu erleben. Kleinkinder sind nicht durch Erklärungen zu trösten, warum etwas so oder so ist, sondern sie brauchen Trost als Begleitung, um ihre Gefühle auszudrücken und zu verändern. Denn kleine Kinder sind oftmals von ihren Gefühlen regelrecht überflutet und können durch ihre noch unreife Hirnstruktur keine gutgemeinten Worte oder Erklärungen aufnehmen. Sie brauchen ihre Eltern oder vertraute Bezugspersonen, um aus der Stressspirale herauszukommen. Erst dann können sie sich selbst regulieren.

Vorbilder

Das Modelllernen gewinnt bei Kleinkindern an Wichtigkeit. Sie schauen genau hin und spüren, wie Erwachsene ihnen helfen, wie sie mit ihnen umgehen – wie Trösten funktioniert. Dieses Verhalten übertragen sie dann auf ihre eigene Lebenswelt.

## Jugendliche

Jugendliche benötigen ganz anderen Trost als Kinder oder Babys. Sie suchen stärkende, verständnisvolle und aufbauende Worte. Genauso wichtig sind aber offene und liebevolle Blicke, damit Jugendliche sich verstanden fühlen. Manchmal sehnen sie sich auch nach einer Umarmung oder einem ausführlichen und nicht bewertendem Gespräch. Wie Jugendliche auf den Trost von Erwachsenen reagieren, hängt sicherlich von ihren Vorerfahrungen als Kind ab, häufig auch von der Clique oder der gerade bestehenden Belastung der Eltern oder des Jugendlichen selbst. Auch hier gilt: Die Annahme von Trost geht nur mit geöffnetem Herzen.

### Einige hilfreiche Fragen

- Was hat mich als Kind getröstet?
- Wer konnte mich gut trösten und warum?
- Wie habe ich mich gefühlt, wenn ich nicht getröstet wurde?
- Wie tröste ich heute mein Kind?

# Die Kraft der ERMUTIGUNG

Placebo-Effekt oder Wunderheilung? Weder noch. **Trost setzt Energien frei,** die Kinder über die kritische Situation hinaus widerstandsfähig machen.

## Gehirn und Erinnerung

An Situationen, Menschen, Gerüche oder Orte, die uns getröstet haben, erinnern wir uns alle. Manchmal reicht schon ein stärkender Blick oder eine Hand, die unsere Schulter kurz berührt. Aber warum hat Trösten überhaupt eine verändernde Wirkung?

Oxytocin

Wesentlich ist die Erfahrung, dass Gefühle und Symptome veränderbar sind – diese Zuversicht aktiviert die Selbstheilungskräfte. So wirkt die körperliche Wärme, die wir Babys und Kindern geben, beruhigend, da im Gehirn Oxytocin freigesetzt wird. Oxytocin ist ein Botenstoff, der im Körper ein angenehmes Gefühl erzeugt. Er wirkt in jedem Alter.

Im Familienhandbuch des Staatsinstituts für Frühpädagogik heißt es: »Das Nervensystem des Kindes ist bei der Geburt nur teilweise entwickelt und gereift. Erst nach und nach reift es aus. Wenn Säuglinge, Babys und Kinder schmerzliche Gefühle von Schreien, Wut oder Angst ausdrücken, ist das autonome Nervensystem nicht mehr im Gleichgewicht. Der Säugling oder das Kind ist durch eine große Menge Adrenalin, die in diesem Zusammenhang freigesetzt wird, in einem hohen Maße erregt. Die Herzfrequenz steigt, höherer Blutdruck ist zu messen, schnellere Atmung und die Muskeln spannen sich an. Das Stressreaktionssystem läuft auf Hochtouren. Bei dem Säugling oder Kind ist durch den Stress eine Kettenreaktion an Hormonfreisetzung geschehen. Es werden große Mengen an Kortison freigesetzt. Das Kind ist nicht in der Lage, wegen des noch

*»Jeder Mensch ist gut, wenn ihn ein Arm umschmiegt.«*

François Villon

unreifen Nervensystems diesen Zustand alleine zu verändern. Nur das Trösten und Beruhigen des Kindes deaktiviert dieses System.«

Körpernähe oder grenzachtende Berührungen wirken positiv, da das ruhigere Nervensystem des Erwachsenen auf das Kind beruhigend wirkt. Zwischenmenschliche Nähe steht jedoch nicht uneingeschränkt zur Verfügung oder ist nicht angemessen bzw. kann nicht angenommen werden. Kindern und Jugendlichen mit belastenden Gefühlen helfen auch ein warmes Bad, ein Fußbad oder ein Saunabesuch.

Gehirnscans bei Kindern, deren Kummer und Sorgen nicht beachtet wurden, zeigen einen geschrumpften Hippocampus. Dieses Gehirnareal ist für die Funktion des Langzeitgedächtnisses zuständig. Eltern, so beschreibt es Margot Sundermann, sollten ihren Kindern helfen, einen ausreichenden Vagotonus auszubilden. Emotionale Ausgeglichenheit entsteht dann, wenn dieser Nerv in seiner umfassenden regulierenden Funktion gut arbeiten kann. Liebevolle grenzachtende Berührungen reduzieren das Freiwerden von Stresshormonen. Bleiben Kinder aber mit ihrem Kummer, Ärger und ihrer Verzweiflung allein, drohen Schädigungen ihres neurologischen Systems. Jede Trost-Erfahrung stärkt die physische und psychische Stabilität.

## Blick zurück

Sabine kam zu mir in die therapeutische Praxis, weil ihr sechsjähriger Sohn bei Kleinigkeiten immer wieder laut weinte, während ihre dreijährige Tochter sich bei Traurigkeit im Zimmer versteckte. Die Mutter durfte sie nicht trösten. Da die Erzieherin das Verhalten beider Kinder nicht altersangemessen fand, riet sie Sabine zu professioneller Unterstützung.

Ich fragte Sabine, wie sie in ihrer Kindheit getröstet wurde und ob sie ihre Gefühle ausleben durfte. Sabine war aufgeregt und erzählte, sie sei getröstet worden, wenn die Eltern meinten, dass es einen Grund zum Weinen gab. Bei Streit wurde ihr zum Beispiel zu verstehen gegeben, dass sie ohne Grund weine. Wenn sie weiter weinte oder wütend wurde, kam der Hinweis »Schäm dich! Jetzt hört die ganze Nachbarschaft, was für ein unartiges Kind du bist.«

Sabine wurde selten in den Arm genommen – der Grund ihrer schmerzlichen Gefühle erschien ihren Eltern meist nicht triftig genug. Sie fühlte sich schuldig. Am nächsten Tag hatte sie sogar Angst, die Nachbarn zu treffen. Gesagt hat sie zu Hause nichts, weil die Scham sie hemmte. Plötzlich wurde Sabine ganz nachdenklich und traurig, ganz von allein wurde ihr klar, warum sie ihre Kinder so abweisend behandelte und beim Trösten eher wütend als einfühlsam reagierte. Nach einigen Beratungsstunden und einer Begegnung mit den Kindern, bei der sie sich entschuldigte und Verantwortung übernahm, änderten die Kinder ihr Verhalten. Endlich erhielten sie von ihrer Mutter Trost und Verständnis.

## Trost macht schlau

Unterdrückte Gefühle können Kinder krank werden lassen und sie am konstruktiven Spielen und Lernen hindern. Denn erst wenn sie sich entspannt und frei fühlen, können Kinder äußere Anregungen und Lernstoff aufnehmen und neugierig auf Neues sein. Kinder, die ausgegrenzt oder gemobbt werden, Angst haben oder ganz viel Wut in sich tragen, sind nicht frei, um zu lernen. In der Betreuung oder Schule ist oftmals keine Zeit für die Gefühle der Kinder, zu Hause manchmal auch nicht. So ist das Kind immer stärker belastet. Wenn dann die Leistungen einbrechen, ist es mit Nachhilfe nicht getan, da die Emotionen davon unberührt bleiben.

Einige Kinder versuchen ihre nicht getrösteten Gefühle und ihre unerfüllten Bedürfnisse nach Nähe durch Perfektionismus zu verarbeiten. Durch besonders gute Leistungen wollen sie ihren Eltern gefallen, um wenigstens dafür Anerkennung und bestenfalls Zuwendung zu erhalten.

Perfektion als Trost-Ersatz

Andere Kinder versuchen diese Zuwendung und Anerkennung durch extrem angepasstes oder kontrolliertes Verhalten zu erlangen. Das ist sehr mühsam. In der Pubertät zerbrechen viele Kinder emotional daran, während das liebevolle und feinfühlige Trösten und Verstehen der Gefühle von Kindern sich in allen Lebensphasen positiv ausgewirkt hätte.

Kinder sind sehr darauf angewiesen, ob sie von ihren Bezugspersonen verstanden und getröstet werden. Für eine gesunde psychische, aber auch körperliche Entwicklung brauchen sie Menschen, die ihre Bedürfnisse nach Trost und Liebe stillen. Da immer mehr Kinder schon früh in Krippen, Kindertageseinrichtungen und Ganztagsschulen betreut werden, tragen die familienergänzenden Einrichtungen bzw. deren Mitarbeiter eine große Verantwortung, den anvertrauten Kindern genügend Trost und Verständnis zu geben. Denn der Umgang mit Gefühlen ist für die Gesundheit des Kindes ebenso entscheidend wie für seinen Bildungsweg.

Eigene und fremde Gefühle

Einfühlsame Erwachsene und einfühlsame Kinder erspüren ganz schnell, wie es ihrem Gegenüber geht. Die Emotionen des anderen lösen dann im persönlichen Innenleben wieder ganz neue Gefühle aus. Daher ist es wichtig, dass Kinder lernen, mit Empathie bewusst umzugehen, d.h. zwischen eigenen und fremden Gefühlen zu unterscheiden.

## Frühe Prägung

Schon die erste Begegnung mit dem Baby gleich nach der Geburt ist ein tröstender Moment. Das Baby ist aus dem Bauch, dem geschützten, dunklen und warmen Ort auf die Welt gekommen, und das mit viel Anstrengung. Der Säugling hat einen beschwerlichen Weg vollbracht. Er schreit und die Mutter schenkt ihm Wärme, Nähe, Berührung und Nahrung. In den ersten Monaten lernen Eltern die Bedürfnisse, die Gefühle und die Signale des Säuglings zu verstehen und zu beantworten. Eva Reich schreibt: »Das Kind erfühlt die Welt von Anfang an vor allem durch die Haut. Die Welt ist für

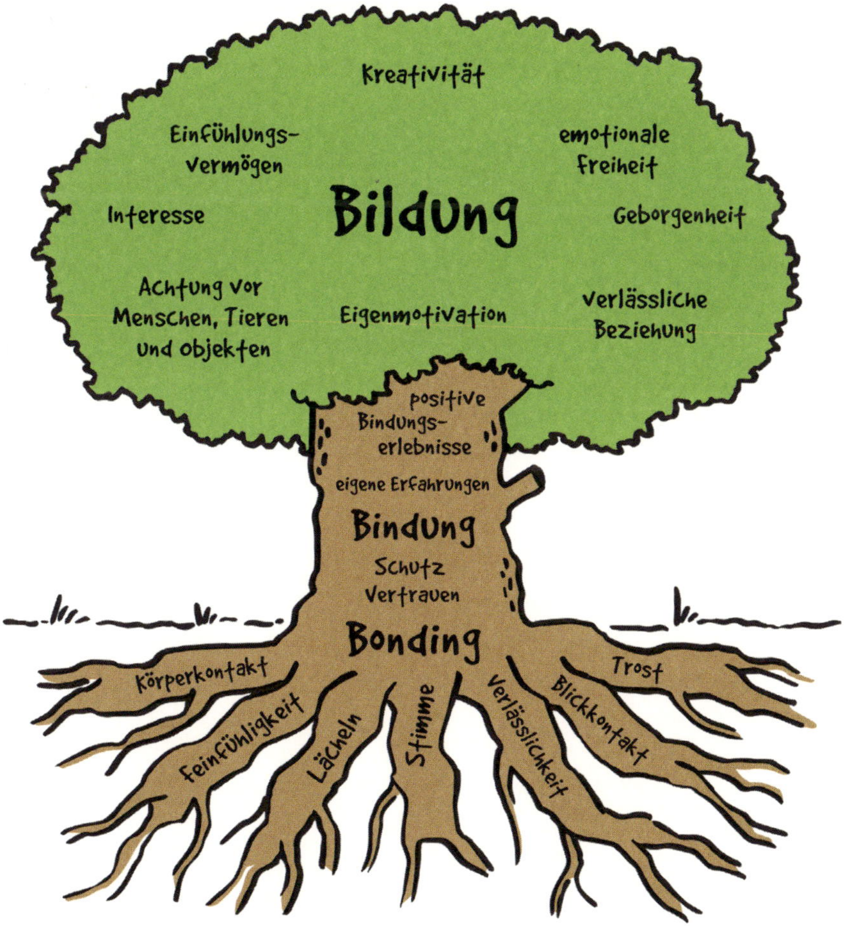


das Baby so, wie es angefasst und gehalten wird.« Schon in der ersten Zeit werden die wesentlichen Grundlagen geschaffen, ob ein Kind seine Gefühle auslebt und verinnerlicht: »Ich bin nicht allein, meine Eltern geben mir Halt«. Diese so wichtige Zeit des Bondings gibt den Kindern Wurzeln. Mit den positiven frühen Erfahrungen und den sicheren Wurzeln wird die positive Lebenskraft des Kindes nachhaltig gestärkt.

Säuglinge fühlen sich meist schon durch die vertraute Stimme und den Geruch der Eltern beschützt. Wenn Eltern Angst haben oder sich überfordert fühlen und verunsichert sind, was ihrem Kind fehlt, reicht oft, das Baby hochzunehmen und Körperkontakt herzustellen. Das Tragen im Tragetuch ist eine besonders schöne, wärmende und nährende Art des Trostes. Babys und Kinder brauchen liebevolle Nähe und die Gewissheit, dass sie sich geborgen fühlen können, weil ihre Eltern da sind und sie nicht alleinlassen. Säuglinge entwickeln ihre eigenen Möglichkeiten der Selbstregulation anhand der Erfahrungen mit den Eltern. Werden ihre Nöte anerkannt und begleitet, so wächst in ihnen ein »Schatz« für ihr Leben – eine mentale Stärke, die helfen wird, in schwierigen Situationen inneren Halt zu finden.

## Selbstregulation

»Bei echter Selbstregulation«, schreibt Nora Imlau, »geht es nicht darum, seine Gefühle wegzuschieben oder zu unterdrücken. Sondern darum, sich ihrer bewusst zu werden und einen Weg zu finden, mit ihnen angemessen und sozialverträglich umzugehen.« Babys und Kinder müssen dies mithilfe der Erwachsenen erlernen und erfahren. Innere Selbstregulation bedeutet, imstande zu sein, die eigenen Gefühle, Gedanken und Handlungen zu verändern. Zuvor muss ein Kind gelernt haben, Gefühle wahrzunehmen, und erfahren haben, dass diese veränderlich sind. Kinder spüren das, wenn ihre Bezugspersonen angemessen auf ihre Bedürfnisse eingehen. Die Selbstregulation geschieht dann im Inneren des Kindes. Im Weiteren entwickelt sich das empathische Verhalten: Das Kind nimmt nicht mehr nur sich allein wahr, sondern spürt sich im Außen – im Kontakt mit Menschen, Tieren, Materialien.

*»Wer hohe Türme bauen will, muss lange beim Fundament verweilen.«*

Aristoteles

Die Reaktion erwachsener Personen, besonders der Eltern, im Umgang mit Gefühlen prägt die Art und Weise, wie Kinder ihr eigenes emotionales Empfinden begreifen. Auch was Gefühle angeht, lernen Kinder am meisten durch Abschauen von Bezugspersonen. Kinder, die angemessen getröstet wurden, entwickeln auch Empathie und werden Gefühle bei anderen Menschen wahrnehmen und einfühlsam darauf reagieren können. Wenn ihnen aktiv zugehört wird, ohne dass Erwachsene die Situation bewerten, erfahren Kinder, dass Probleme aus eigener Kraft lösbar sind.

Die Emotionen von Kindern sind immer vielfältig. Erwachsene können durch das Benennen von Gefühlen Kindern Mut machen, sich auszusprechen. Alle Gefühle sind erlaubt. Für alles gibt es Worte und Verständnis, egal wie es ausgedrückt wird.

Heute können viele Kinder ein neutrales Gesicht nicht mehr von einem feindseligen unterscheiden. Auch dieses Verständnis geht zurück auf die frühkindliche Prägung, wenn Babys das Gesicht der Mutter und des Vaters »lesen«, wodurch das innere Gefühlserleben des Säuglings angeregt wird. Kindern, die nicht lernen konnten, wie unterschiedliche Gesichtsausdrücke zu deuten sind, fällt es auch später schwer, ihre Gegenüber emotional einzuschätzen.

Deshalb ist es wichtig, dass Kinder auf ihre Bezugspersonen vertrauen können, wenn sie Blickkontakt zu ihnen suchen. Leider sind Eltern aber immer häufiger abgelenkt durch Smartphones und andere technische Geräte. Selbst beim Stillen oder gemeinsamen Essen sind manche Eltern für ihr Kind emotional unerreichbar. Das Gefühl eines inneren Alleingelassenseins breitet sich aus, obwohl die Eltern faktisch da sind.

Langfristig führt dies zu Unruhe, Aggressionen und Gewalt verbaler und nonverbaler Art. Wenn ein Kind oder Jugendlicher keine emotionale Wärme, Verlässlichkeit und keinen Umgang mit Gefühlen erfahren durfte, neigt es später leichter zu Mobbing und anderer sozialer Gewalt. Um Empathie und seelisches Gleichgewicht zu entwickeln, müssen Kinder früh die Erfahrung machen, dass ihre Gefühle von Traurigkeit, Kränkung, Angst, Wut etc. ernst genommen und begleitet werden. Erst dann werden sie auch in der Lage sein, sich einfühlsam gegenüber anderen Kindern und Erwachsenen zu verhalten.

## Interaktion

Heute entwickeln viele Kinder ihre Interaktionsfähigkeit und den Umgang mit Gefühlen mithilfe digitaler Medien, und dies altersmäßig immer früher. Bereits Zweijährige sitzen vor dem PC oder Fernseher. Wie Kinder emotional mehr und mehr in virtuelle Welten abdriften, beschreibt Charmaine Liebertz: »Fernab vom realen Leben stattet sie die virtuelle Welt mit Omnipotenz aus und schenkt ihnen Beachtung. Per Mausklick erwerben sie rasch und mühelos ihre ideale Identität, die ihnen das reale Leben verwehrt.«

Diese Kinder verlieren das Gefühl zu sich selbst, damit schwindet auch ihre Empathie. Mit ungefähr drei Jahren lernen Kinder die Ge-

*»Mit der Zeit nimmt die Seele die Farbe der Gedanken an.«*

Marc Aurel

fühle von anderen Menschen zu erschließen, auch wenn diese vom eigenen Erleben abweichen – von Kindern in einer Krippengruppe wird also einiges gefordert, das ihren Entwicklungsschritten noch nicht entspricht.

Eine Gruppe von Kindern ist trotzdem eine Bereicherung für Kinder jeden Alters. Denn in den Begegnungen mit anderen Kindern können sie viele Gefühle beobachten, die sie im Elternhaus vielleicht nicht kennengelernt haben. Die Vielfalt der Kita birgt unter anderem die große Chance, dass Kinder lernen, Unterschiedlichkeit zu akzeptieren.

Jedes Kind ist anders und hat besondere Stärken und Schwächen. Mit den gemeinsamen Erfahrungen untereinander entwickelt sich auch das Einfühlungsvermögen. Kinder lernen auf die Gefühle von anderen Kindern zu reagieren und erleben gleichzeitig, wie andere Kinder mit Gefühlen umgehen. So sammeln sie viel Erfahrung im Wahrnehmen von Gefühlen, erleben Tag für Tag, wie man tröstet und welche positive Wirkung das hat.

Jede Kindheit ist voller seelischer Herausforderungen und unangenehmer Gefühle, die mit voller Wucht durchlebt werden. Schon früh machen Kinder schmerzliche Erfahrungen durch Zurückweisung, Leistungsdruck oder Ungerechtigkeit in sozialen Kontakten. Leicht passiert es, dass sich Kindern das Gefühl einprägt, sie seien nicht richtig, so wie sie sind. Deshalb brauchen sie Erwachsene, die auf sie eingehen, ihre Gefühle begleiten und ihnen helfen, eigene Lösungen zu finden. Dann speichern Kinder ab: »Ich bin nicht allein. Es ist immer jemand da, der mich tröstet.«

## Kinder sind gute Tröster

Trost verbindet nicht nur Eltern und Kinder, sondern auch Kinder mit der Welt, in der sie leben. Empathische Kinder interessieren sich sehr für die Leiden der Menschen und Tiere in ihrer Umgebung. Anders als viele Erwachsene sind sie nicht peinlich berührt, sondern liebevoll zugewandt. Kinder schauen nicht weg, denn sie haben einen offenen Zugang zu Gefühlen und wollen positiv darauf einwirken.

Wie trösten die anderen?

Als Vorbilder werden alle feinfühligen Bezugspersonen ausgewählt. Das Kind beobachtet die Eltern, wie sie mit anderen Menschen kommunizieren und ihre Freunde trösten und unterstützen. Solche zwischenmenschlichen Erfahrungen werden vom Kind abgespeichert und beeinflussen seine weitere Entwicklung. So erlebt das Baby schon früh, ob auf seine Bedürfnisse einfühlsam reagiert wird. Dieses liebevolle und warmherzige Stillen der Nöte und Bedürfnisse speichert das Kind im Körper ab. Mit diesen Erfahrungen wird es ganz liebevoll sein Geschwisterchen trösten, Kinder im Kindergarten in den Arm nehmen oder eben mitfühlend reagieren. Kinder sind so sensitiv und können aus sich heraus trösten, wenn sie zuvor nicht zu viel Kränkung und Ablehnung erlebt haben – von wem auch immer.

In dem Buch *Die besten Beerdigungen der Welt* von Ulf Nilsson und Eva Eriksson ist dies liebevoll dargestellt. Darin eröffnen Kinder an einem langweiligen Tag ein Beerdigungsinstitut für Tiere, denn sie haben es sich zur Aufgabe gemacht, die besten Beerdigungen der Welt auszurichten für alle toten Tiere, die keiner beachtet. Dabei hat jedes Kind seine Zuständigkeit, wie Gedichte schreiben oder den Sarg aussuchen. Jeder bringt sich nach seinen Möglichkeiten beim Finden toter Tiere und den unterschiedlichen Beerdigungssituationen ein. Spielerisch erfahren sie, was tot sein bedeutet und wie unterschiedlich damit umgegangen werden kann. Jeder auf seine Art. So wächst das kindliche Einfühlungsvermögen, während Erwachsene und deren Bewertungen außen vor bleiben.

Kinder, die angemessen getröstet und emotional begleitet wurden, sind auch selbst gute Tröster, die sich für andere interessieren und einsetzen. Sie sollten aber vor zu viel altersunangemessener Verantwortung und zu viel Trösten geschützt werden. Denn manchmal übernehmen sie auch zu viel emotionale Verantwortung für ihre Mama, ihren Papa oder für die Geschwister. Dann trägt das Kind zu schwer an der übergroßen Aufgabe.

Bei Zwei- und Dreijährigen bezieht sich das empathische Verhalten noch auf die eigenen Wünsche. Das Kind geht davon aus, dass das, was ihm guttut, auch anderen hilft. Dann wird die Kuschelpuppe eben dem traurigen Papa in den Arm gelegt und ein Bonbon geholt, um die schimpfende Mutter zu beschwichtigen.

## Spiegelneuronen

Von Geburt an sind beim Miteinander von Baby und Eltern die Spiegelneuronen aktiviert. Ein bekanntes Spiegelneuronen-Erlebnis ist, dass der Papa oder die Mama die Zunge herausstreckt und der Säugling dies nachahmt. Durch die Aktivierung der frühen Spiegelneuronen ist eine Interaktion möglich und stillt das emotionale Grundbedürfnis des Babys. Bleibt ihm diese Erfahrung verwehrt, weil es keine liebevolle Hinwendung erfährt, drohen gravierende mentale Folgen.

Wenn Kinder andere Kinder trösten, sind ihre Spiegelneuronen mit Handlung verbunden. Die Erfahrungen solcher Interaktionen sind entscheidend für das Erlernen sozialer und emotionaler Eigenschaften.

»*Sensible Kinder sind meist großartige Kümmerer.*«

Nora Imlau

Dass Kinder in der Lage sind, sich innerhalb kürzester Zeit in den Zustand ihres Gegenübers zu versetzen, wurde mir in der Stunde mit Alma deutlich. Alma kam traurig und bedrückt in den Raum und erzählte von ihrer Not, von kränkenden Erfahrungen. Sie bekam mein Verständnis und bearbeitete ihre Sorge. Bald veränderte Alma ihren Gesichtsausdruck, sie wurde fröhlicher, weicher im Ausdruck und damit entspannter. Als Alma den Raum verließ, wartete ihre immer noch bedrückt und verärgert wirkende Mutter, die ihre Tochter mit angespanntem und wütendem Gesichtsausdruck anschaute. Das Gesicht des Mädchens übernahm diese Gefühle sofort und ihr Gesichtsausdruck spiegelte den ihrer verärgerten Mutter.

Getröstet zu werden ist ein menschliches Grundbedürfnis. Das Selbstvertrauen des Kindes muss sich mit der Hilfe von Erwachsenen entwickeln dürfen. Als selbstbewusste Kinder haben sie dann genug eigene positive, verlässliche Bindungserfahrungen, sodass ihnen empathisches Verhalten vertraut ist und sie es weitergeben können.

## Ein Leben lang stark

Resilienz bedeutet die Fähigkeit, Krisen durch eigene persönliche und soziale Ressourcen zu meistern und als Anlass für Entwicklung zu nutzen, so beschreibt es Katharina Purtscher auf der Jahrestagung der Gesellschaft für Seelische Gesundheit in der Frühen Kindheit (GAIMH) 2011. Diese innere Bereitschaft, auf sich selbst zu vertrauen anstatt aufzugeben, entsteht, wenn Kinder in einem persönlichen Umfeld aufwachsen, dem sie uneingeschränkt vertrauen können.

In meiner therapeutischen Praxis erlebe ich immer wieder, dass Kinder schon in leichten Krisen ihr emotionales Gleichgewicht verlieren. Negative Bemerkungen, Streit mit der Freundin oder schlechte Noten können bis zur Lebensverneinung führen. Diesen Kindern fehlt das Vertrauen in sich, eigenständig die Situationen zum Positiven zu verändern und Zuversicht zu spüren.

## Wehr dich!

Wenn ich mit Kindern in der Praxis mit Schaumstoffstäben kämpfe, wird ihre Resilienz-Fähigkeit gut sichtbar. Einige Kinder bleiben starr stehen und machen sich klein, andere lassen sich von mir im spielerischen Kampf in die Ecke abdrängen. Sie tun nichts, um diese Situation zu verändern oder sich zu schützen. Man könnte einwenden, sie seien schüchtern oder hätten einfach Angst vor einem Kampf. Aber verbal sind diese Kinder durchaus in der Lage, sich zu artikulieren, wenn es um Belastungen oder Streit geht. Oft fühlen sie sich ausgeliefert und ungerecht behandelt, haben keine Idee, wie sie sich wehren und Stärke zeigen könnten. Manche scheinen ganz und gar handlungsunfähig.

Häufig handelt es sich um Mädchen und Jungen, bei denen sich die Eltern mit ihren Kindern verbündet haben gegen eine »harte«

und »ungerechte« Außenwelt. Die Eltern wollen ihren Kindern schmerzliche Erfahrungen ersparen oder nehmen die eigenen Emotionen gar als die Gefühle ihrer Kinder wahr. So bleiben die abhängigen Kinder emotional auf einer ganz frühen Entwicklungsstufe stehen. Sich zu verstecken anstatt Ideen der Problemlösung oder zum eigenen Schutz zu entwickeln hilft nicht weiter, wenn es darum geht, Konflikte zu lösen und emotionale Krisen zu überwinden. Kinder müssen lernen, für sich selbst einzustehen.

## Bewältigungsstrategien

Im Laufe der Stunden tausche ich die Rollen und lasse mich in die Ecke treiben. Jetzt bin ich das Kind und verhalte mich passiv. Anschließend reden wir darüber, wie sich die veränderte Situation angefühlt hat. Manche sind am Ende ganz erschöpft, weil sie neue Strategien beim Kämpfen ausprobieren. Sie lernen sich sicher hinzustellen, den Boden mit beiden Füßen zu berühren, denn ein sicherer Stand gibt Stärke. Dann probieren sie aus, wenn ich versuche sie wegzudrängen, einen Schritt nach vorn auf mich zuzugehen anstatt zurück.

Diese körperlichen Erfahrungen können Kinder gut in ihrem Alltag ausprobieren und nutzen. Ein Mädchen erzählte mir, wie gut es ihr tat, den Streit mit ihrer Freundin allein zu bewältigen. Sie brauchten nun beide ihre Mütter nicht mehr zur Konfliktlösung. Das ist gelebte psychische Widerstandsfähigkeit. Um dies zu trainieren, brauchen Kinder freundliche, feinfühlige und einfühlsame Bezugspersonen. Eltern sollten am Leben ihrer Kinder teilnehmen, es aber nicht für sie leben. Wenn Kindern die Steine nicht aus dem Weg geräumt werden, sondern ihnen geholfen wird, sie zu überqueren, stärkt diese Erfahrung für das ganze Leben.

*»Auch aus Steinen, die einem in den Weg gelegt werden, kann man Schlösser bauen.«*

Goethe

## Innere Stärke

Immer wieder erstaunt mich die innere Stärke von Kindern, die extrem belastende Erlebnisse durchstanden haben und trotzdem glückliche und zuversichtliche Kinder geblieben sind. Wie kann das gehen? Wenn ich ihrer Geschichte nachgehe, stoße ich meistens auf Erwachsene, die ihnen Sicherheit und Geborgenheit vermittelt haben.

Eckhard Schiffer schreibt in seinem Buch *Wie Gesundheit entsteht* dazu: »Sie erinnern sich? Sich wohlig räkelnd im Bett liegend, aller Pflichten ledig einschließlich der Hausaufgaben. Von der Mutter umsorgt. Zwieback, Lindenblütentee mit Honig und zusätzlich etwas vorgelesen bekommen. Ganz schön gemütlich: viele Kräfte in uns und um uns herum, die uns sicher sein lassen, der Krankheit nicht hilflos und alleine ausgeliefert zu sein.« In solch einer liebevollen Umgebung wächst Urvertrauen, die Grundlage für Resilienz.

Schiffer nennt diese Hilfsquellen »generalisierte Widerstandsressourcen«. Heute wird vielen Kindern vermittelt, dass Medizin sie gesund mache und nicht die eigene Kraft und Erholung im Bett. Statt die heilende Wirkung der Geborgenheit mit Mama oder Papa zu betonen, gilt das Kranksein als existenzielle Bedrohung, oft auch als Störfaktor von Berufsleben und Kita-Alltag. So erfährt das Kind seine Genesung nicht als entwicklungsfördernd, sondern eher als fremdbestimmt. Seine eigenen inneren Kräfte werden ausgehebelt, bis sie eines Tages nicht mehr zugänglich sind. Wie sollen Kinder so Gesundung lernen? Dieses Beispiel zeigt, wie sehr die psychische Widerstandsfähigkeit aus den Alltagserfahrungen des Kindes gespeist wird.

Zusammenhang stärkt

Kohärenzgefühle, die Ahnung eines größeren Zusammenhangs von Sinn und Gemeinschaft, so schreibt Schiffer, geben Halt und ermöglichen es Kindern, Chaos, Schrecken und Traumatisierungen zu überstehen, ohne daran zu zerbrechen. Dies ist Schiffer zufolge entscheidend für die Gesundheit eines Menschen, weil eine hoffnungs- und vertrauensvolle Grundsicherheit unabdingbar ist, um sich in der Welt zurechtzufinden.

Das vertrauensvolle Gefühl, die Krisen und Aufgaben des eigenen Lebens meistern zu können, entwickeln Kinder durch ihre Erfahrungen mit Eltern, anderen Kindern oder von ihnen gewählten Bezugspersonen. Diese Widerstandskraft kann durch spätere Lebenserfahrungen ausgebaut oder geschwächt werden.

## Autonomie und Einsamkeit

In ihrem Buch *Mokassinkinder* stellt Krissy Pozatek die Frage, warum es vielen jungen Menschen heute an inneren Ressourcen und einer gewissen Anpassungsfähigkeit mangelt. Sie schreibt, dass

*»Die Menschen stolpern nicht über Berge, sondern über Maulwurfshügel.«*

Konfuzius

um von einem gegebenen Zustand zu einem gewünschten zu kommen, Kinder bestimmte Handlungskompetenzen brauchen, die Erwachsene stärken oder schwächen können.

Als innere Ressourcen, die Kinder resilient machen, nennt sie Problemlösungskompetenz, innere Motivation, Stresstoleranz, Anpassungsfähigkeit und emotionale Selbstregulation. Eltern bieten dafür, wie sie es bezeichnet, sichere Ankerplätze. Zu Hause, im sicheren Hafen, geben wir Kindern die Chance, ihre inneren Ressourcen und emotionale Widerstandkraft zu entwickeln und diese, wie Charmaine Liebertz es nennt, als ein Lebenswerkzeug zu verwenden.

Nicht alles für Kinder zu regeln, sondern sie mitfühlend zu begleiten, entspricht ihrem inneren Antrieb, Probleme selbstständig zu lösen und eigene Erfahrungen zu sammeln. Liebertz weist darauf hin, dass vielen Kindern und Jugendlichen heute Problemlösungsstrategien fehlen, weil ihnen die nötige Autonomie vorenthalten wird. »Stattdessen ersticken die Kids ihre Probleme in Bonbons, Spielsachen und Geldscheinen.«

Liebertz beobachtet, dass Kinder immer einsamer werden und sich vergeblich nach menschlicher Wärme sehnen, seit Smartphone, Tablet und iPad in die Familien eingezogen sind. Inzwischen übernehmen diese Medien das Trösten, oftmals ungeachtet der empfohlenen Altersgrenze. Diese Geräte überdecken die eigenen emotionalen Bedürfnisse und verhindern das Spüren des bestehenden Verlangens nach Nähe und Zugehörigkeit, das Wahrnehmen von Einsamkeit oder Traurigkeit. Selbst Bedürfnisse von Hunger, Durst oder Schlaf sind nicht mehr zugänglich, wenn Kinder durch Computerspiele in eine permanente Flucht- und Alarmbereitschaft versetzt sind.

Die Grundbedürfnisse bestehen aber fort und ihr Mangel wirkt sich im tiefsten Inneren des Kindes aus. Eltern fällt es schwer, ihre Kinder zu begleiten, da die wirklichen Gefühle in der übermächtigen Medienwelt verborgen bleiben.

Dies hat auch Auswirkungen auf die Gesundheit und Lebensführung der Heranwachsenden. Daher stehen alle Erwachsenen in der Umgebung von Kindern gemeinsam in der Verantwortung, ihnen lebensnahe Orientierung zu leisten und positive Botschaften zu vermitteln.

## Beschämung und Entwertung

Viele Kinder sind durch negative Botschaften von Seiten der Erwachsenen sehr belastet. Im Elternhaus geschieht dies ebenso wie in Krippen, Kitas und besonders in Schulen. Jeder Erwachsene sollte sich überlegen, wie es ihm erginge, wenn er die eigene Äußerung gegenüber dem Kind selbst zu hören bekäme, etwa von seinem Chef, einem Kollegen oder dem Partner bzw. der Partnerin.

*»Menschen zu finden, die mit uns fühlen und empfinden, ist wohl das schönste Glück auf Erden.«*

Carl Spitteler

Der vierzehnjährige Bente erzählte mir: »Für mich war das Zurschaustellen von Fehlern so schlimm. Es wurden nach Klassenarbeiten Sätze von Schülern an die Tafel geschrieben. Die Lehrerin benannte dann die Fehler und sagte die Namen der betreffenden Mitschüler oder eben meinen Namen. Ich schämte mich immer so und habe viel Angst vor diesen Schulstunden. Trost bekomme ich kaum, die Erwachsenen verstehen mich einfach nicht.«

Beschämung und Entwertung prägen sich tief in Kinderseelen ein. Viele entwickeln schlimmste psychische Belastungen oder Erkrankungen, obwohl sie zu Hause Schutz erleben. In meiner Praxis bekomme ich regelmäßig erzählt, welch harten Worten Kinder tagtäglich ausgesetzt sind.

Ein Kind vor der Klasse zu blamieren, da es einen Fehler gemacht oder etwas versäumt hat, ist psychische Körperverletzung. Die Klasse lacht aus Unsicherheit, während das Kind oder der Jugendliche in sich das Gefühl »Ich bin nicht richtig, so wie ich bin« entwickelt. Das geschieht besonders in der Pubertät, wenn das Selbstbild – der raschen Entwicklung entsprechend – verunsichert ist.

Viele Kinder und Jugendliche haben sich fest vorgenommen, nicht öffentlich zu weinen, um keine weitere Angriffsfläche zu bieten. Stattdessen wird die Frustration verinnerlicht – mit fatalen Folgen: selbstverletzendes Verhalten, Essstörungen, Depression, Suizidgedanken und -versuche.

In solchen Situationen zu trösten ist schwierig, da das Vertrauen in die Erwachsenen erschüttert ist. Um die emotionale Wunde überhaupt zu erreichen, braucht es eine ernstgemeinte Entschuldigung. Auch das ist Trost, wenn ein Erwachsener die Verantwortung für sein negatives Verhalten übernimmt.

## Bedürfnisse erkennen

Kinder entwickeln ihre Widerstandskraft, aber auch ihr Mitgefühl aus Erfahrungen mit anderen Menschen, Tieren und Dingen, durch Versuch und Irrtum. Kinder werden darin bestärkt, wenn man ihnen die Chance gibt, sich selbst das Brot zu schmieren, obwohl es länger dauert und der Tisch beschmiert wird, oder das Getränk in das Glas zu füllen, obwohl womöglich einiges danebengeht. »Probier es weiter!«, »Du schaffst es!«, »Keine Sorge, Fehler sind erlaubt!« – das sind ideale ermutigende Botschaften an ein Kind.

»Du schaffst das!«

Jugendlichen und Erwachsenen geht es genauso. Manche brauchen 10 Fahrstunden, andere 22 und wieder andere 34 – viele Wiederholungen führen zum Ziel. Hätte uns der Fahrlehrer nach den ersten Versuchen gesagt: »Vergiss es, ich fahre lieber selbst«, wir hätten keinen Führerschein – nicht weil wir nicht in der Lage dazu wären, sondern weil uns die so wichtigen Erfahrungen in den Fahrstunden abgenommen worden wären. Die Zuversicht des Fahrlehrers »Du schaffst das, ich melde dich zur Prüfung an, weil ich daran glaube, dass du bestehst«, ist die wichtigste Voraussetzung, um tatsächlich fahrtüchtig zu werden.

## Probleme nicht herbeireden

Finn ist sieben Jahre alt, er geht in die 2. Klasse einer Berliner Grundschule. Dort hat er viele Freunde zum Fußballspielen in den Pausen, auch in seiner Klasse fühlt Finn sich wohl. Nun feiert Tayfun am Freitag seinen siebten Geburtstag und Finn ist nicht eingeladen. Er weiß, dass Tayfun trotzdem sein Freund ist, nur durfte er eben nur sechs Kinder einladen. Trotzdem bekommt Finn ein unangenehmes Kribbeln im Bauch, denn er ahnt schon, was seine Mutter dazu sagt: Tayfun könne ja kein richtiger Freund sein, wenn er Finn nicht einlädt. Nächstes Mal solle Finn ihn von seiner Einladungsliste streichen. Finn will keinen Streit, deshalb sagt er Ja. Er versteht die Erwachsenen nicht. Natürlich ist er enttäuscht, aber sie können ja in der Schule weiter zusammen spielen. Warum regt sich Mama nur so auf?

Als abends der Vater nach Hause kommt, wird ihm gleich davon erzählt, wie schlimm es für Finn sei, nicht auf Tayfuns Geburtstag gehen zu dürfen. Der Papa sagt: »Ja, das ging mir früher auch oft so.« Finn ist erleichtert, denn der Papa ist ja sein Vorbild und wirkt immer so stark. Nun hat die Mutter eine gute Idee, sie schlägt vor, dass Finn am Wochenende zwei Kinder zum Spaghetti-Essen und Übernachten einladen darf. Finn überlegt und möchte es doch lieber an einem anderen Wochenende, wenn Tayfun auch Zeit hat. Die Eltern schauen sich an, lachen und stimmen zu.

»Wie geht es dir damit?«

Wie in diesem Beispiel gut zu erkennen ist, ist die Mutter von der nicht erhaltenen Einladung ihres Sohnes stärker betroffen als Finn selbst. Häufig leiden Mütter oder Väter übermäßig mit ihrem Kind, wenn es Schmerz oder Enttäuschungen aushalten muss. Vermutlich hat die Mutter ähnliche Erfahrungen gemacht und sich als Kind ausgeschlossen gefühlt. Statt die eigenen Gefühle zu projizieren, ist es besser, einfach nachzufragen: »Wie geht es dir damit?«

## Was Kinder brauchen

**Physiologische Bedürfnisse:** Kinder benötigen für ihre Gesundheit altersangemessene Nahrung (Essen, Trinken), frische Luft zum Atmen, Kleidung, Körperpflege und ausreichend Ruhe und Schlaf. Entscheidend für ihre persönliche Entwicklung ist das Bedürfnis nach Bindung mit verlässlicher Nähe und grenzachtendem Körperkontakt, sodass innere Sicherheit und ein Gefühl von innerer Ruhe und Entspannung erlebt wird.

### Ermutigung als Trost

- Ermutigen statt etwas selbst erledigen
- Ermutigen statt negativ bewerten
- Ermutigen statt kritisieren
- Ermutigen durch Zuhören
- Ermutigen durch das Anerkennen von Gefühlen
- Ermutigen durch Zuversicht

**Sicherheitsbedürfnisse:** Kinder brauchen altersangemessenen Schutz und Sicherheit. Sie brauchen Erwachsene, die sie vor Gefahren beschützen oder bei ihnen sind, um Sicherheit in kritischen Situationen zu geben. Eltern werden als sicherer Hafen erlebt.

**Soziale Bedürfnisse:** Kinder sehnen sich nach Zuwendung, emotionaler Nähe und nach Verbundenheit. Sie wollen Geborgenheit erleben und suchen soziale Anerkennung. Kinder brauchen Freunde und Familie, um soziale Zugehörigkeit zu erleben.

**Leistung und Wertschätzung:** Kinder brauchen Anerkennung, Lob, positive Beachtung und Erfolgserlebnisse: »Ich habe es geschafft, den Turm zu bauen«, »Ich bin ganz allein auf den Baum geklettert«, »Heute hab ich den Tisch gedeckt«. Wertschätzung erhalten Kinder auch aus sich heraus, wenn sie alters- und entwicklungsangemessene Aufgaben, Spiele und Explorationsfreude erleben. Die positive und wertschätzende Art von Erwachsenen stärkt das Selbstbewusstsein des Kindes.

**Selbstverwirklichung:** Alle Kinder – Menschen generell – haben viel mehr Stärken als Schwächen. Ihre Persönlichkeit entwickeln sie entsprechend ihren Fähigkeiten. Kinder brauchen Zeit und Möglichkeiten, sich selbst im Spiel, in der Fantasie, in der Bewegung und in vielen unterschiedlichen Erlebnissen erfahren zu dürfen – dabei geht es um die eigene kindliche Talententfaltung. Das Bedürfnis nach Selbstverwirklichung benötigt eine Umgebung, die Individualität zulässt.

Den Zusammenhang zwischen dem Trösten von Kindern und der Bedürfnispyramide zeigt folgendes Beispiel:

Im Einkaufszentrum steht eine junge Mutter mit einem Kinderwagen. In einiger Entfernung schreit ihr größeres Kind, der dreijährige Nils, und rührt sich nicht von der Stelle. Die Mutter fordert ihn auf, nun endlich zu kommen. Aber Nils schreit weiter. Die Mutter wird lauter und bleibt beim Kinderwagen stehen. Nils hört nicht auf zu schreien, bis es der Mutter reicht. Wütend geht sie zu ihrem Sohn und haut ihn auf den Po. Dabei sagte sie zu Nils: »Du hast es verdient, nie hörst du. Von deinem Brüllen ist das Baby aufgewacht.« Eine Frau spricht die Mutter an und sagt, der Kleine sei bestimmt nur extrem müde und wolle auf den Arm seiner Mama. Die Mutter ist verblüfft und wird nachdenklich. Wenn Eltern oder andere Erwachsene selbst ganz erschöpft oder überfordert sind, nehmen sie die Gefühle ihrer Kinder oft als Bedrohung oder Frechheit wahr. Diese Mutter braucht auch Trost und Hilfe, denn ihr Verhalten war für eine erwachsene Person nicht akzeptabel, es ist auch ein Hilferuf nach Unterstützung. Nur wenn unser Herz geöffnet ist, können wir auch angemessen reagieren.

## Die Bedürfnispyramide von Maslow

Abraham Maslow (1908–1970) geht davon aus, dass die nächsthöhere Ebene der Pyramide nur gestillt werden kann, wenn die Bedürfnisse der unteren Stufe bereits befriedigt wurden. Das Schema hilft, die Bedürfnisse von Kindern besser zu verstehen und angemessen darauf einzugehen.

Zurück zur Pyramide: Der kleine Nils schreit, die Mutter ist zunehmend verunsichert, wütend und geschafft. Sie kann das Bedürfnis ihres Sohnes nicht erkennen, deshalb gelingt es ihr auch nicht, ihn zu trösten bzw. seine Bedürfnisse zu befriedigen, die hinter dem Schreien stecken, sondern sie reagiert mit körperlicher Gewalt.

Ausgehend von Maslow sehen wir auf Ebene der physischen Grundbedürfnisse, dass Kinder ganz oft schreien, weinen oder wütend sind, weil ihre Bedürfnisse nach Schlaf, Trinken, Essen oder Nähe und sicherer Bindung nicht erfüllt sind. Ein Kind mit einem Spielzeug vom Schmerz seiner Gefühle abzulenken, wird nicht langfristig funktionieren, da das Kind – wie zum Beispiel Nils – müde ist und Ruhe braucht und dieses Bedürfnis nicht gestillt wird.

Nehmen wir an, ein Kind zeigt durch ständiges Streiten an, dass seine sozialen Bedürfnisse nicht befriedigt sind. Erwachsene bleiben gedanklich oft auf dieser Stufe stehen und versuchen, die Gefühle des Kindes zu verändern, indem sie ein anderes Spiel vorschlagen, einen neuen Spielpartner einbeziehen oder das Kind ermahnen oder sogar bestrafen.

Wirkungsvoller ist es, sich auf eine untere Ebene zu begeben und zunächst zu prüfen, ob die physischen Grundbedürfnisse des Kindes befriedigt sind. Hat es genug Nahrhaftes gegessen, ausreichend getrunken, ausreichend Bewegung gehabt und genug frische Luft geatmet? Andernfalls verzweifeln die Eltern, da sie ihr Kind nicht trösten können und dieses auf ihre gutgemeinte Begleitung nur mit Abwehr reagiert. Ein hungriges oder müdes Kind ist oft unausstehlich und untröstlich.

Kinder sind meist nicht in der Lage, ihren Mangel in Worte zu fassen – »ich bin müde«, »ich brauche Schlaf«, »ich habe vergessen zu trinken und habe nun Durst«, »ich fühle mich ausgeschlossen«, »ich bin so traurig und wütend« … Oft sind sie zu sehr von ihren Gefühlen überwältigt oder ihnen fehlen schlicht die Worte, um ihre Bedürfnisse und Sehnsüchte zu artikulieren.

Kinder zeigen häufig durch ungehaltenes oder ausgesprochen stilles Verhalten, dass etwas nicht in Ordnung ist. Sie sprechen durch ihre Körperhaltung und ihr Tun und es ist verschlüsselt, was sie uns mitteilen. Maslows Pyramide mag dabei helfen.

## Was ist los mit Lennard?

Die Situation: Lennard haut Tom mit einer Schaufel.

Möglichkeiten:

a) Lennard fühlt sich ausgeschlossen, weil Tom mit Ben spielt und Lennard sieht, wie viel Spaß die beiden haben, während er nur zusehen darf. Er sehnt sich nach dem Gefühl der Zugehörigkeit und will auch einen Freund.
b) Lennard hat Schlafmangel, weil er immer erst so spät einschlafen kann. Das führt dazu, dass er nicht mehr auf seine sozialen Kompetenzen zurückgreifen kann. Er ist überfordert und braucht Schlaf.
c) Lennard hat Tom extra den schönen großen LKW überlassen und nun darf er nicht mitspielen. Es ist auch sein Lieblingsspielzeug im Kindergarten. Er fühlt sich ausgegrenzt und von seinen Gefühlen überflutet.
d) Lennard ist es in der Kindergruppe viel zu laut und er findet keinen Ort des Rückzugs. Allein darf er nicht draußen spielen, obwohl er es braucht. Die Überforderung seines Wahrnehmungssystems lässt seine Gefühle unkontrolliert werden. Er braucht Ruhe und Entspannung.
e) Lennard fühlt sich eingeengt, sein Bedürfnis nach Bewegung wurde begrenzt, da konnte er diese Bewegungshandlung nicht mehr kontrollieren. Sein Grundbedürfnis nach körperlicher Bewegung wurde eingeschränkt. Die Botschaft seiner Handlung könnte also sein: »Bitte gebt mir Freiraum für meine körperliche Aktivität.«

# Guter und gefährlicher TROST

**Ermutigung und Entmutigung** liegen manchmal nah beieinander. Trost sollte immer Anstoß sein, die eigenen Potenziale auszuschöpfen.

## Kind sein dürfen

In ganz verschiedenen Bereichen können Kinder Ängste entwickeln. Manche zeigen ihre Überforderung mit bestimmten Situationen, dann kommt es zum Beispiel nach der Trennung der Eltern oder mit Beginn des Kindergartens zu Schlafstörungen. Da Kinder empfindsam sind, spüren sie unruhige Lebensphasen der Familie und übersetzen diese oftmals in Ängste.

Stressspirale im Gehirn

Andere Ängste haben andere Ursachen, etwa Angst vor Tieren, Personen, Angst vor Blamage, Angst zu versagen oder Angst vor dem Unbekannten – all diese und andere kindliche Ängste brauchen den Trost von Erwachsenen, gerade wenn sie abwegig und diffus erscheinen. Worte und Erklärungen überfordern die meisten Kinder, da im Gehirn die Stressspirale aktiv ist. Viel hilfreicher ist es, einfach zuzuhören, welche Sehnsüchte, Sorgen, Verunsicherungen und Bedürfnisse das Kind formuliert oder zeigt, und darauf einzugehen. Angst verlangt höchste Sensibilität für die Hintergründe und für das persönliche Erleben des Kindes.

Wenn ein Kind Nähe sucht und mit ins Elternbett möchte, den Eltern dies jedoch nicht recht ist, ist eine Matratze im gleichen Raum eine gute Trostmöglichkeit. Die Gewissheit, dass Mama und Papa in der Nähe sind, reicht oft schon aus. Körperkontakt beruhigt Kinder. Die warmen Hände der Eltern wirken bei fast jedem Kind.

## Keine Angst vor Ängsten!

- Ängste brauchen Begleitung
- Ängste lassen uns achtsam werden vor Gefahren
- Ängste schränken ein
- Ängste reduzieren Erfahrungen und den Spaß an Bewegung
- Ängste von Kindern brauchen Anerkennung und Trost

## Extreme Gefühle

Kinder, die ihre Gefühle extrem ausleben, sind besonders auf Trost angewiesen. Entweder ist das Temperament des Kindes extrovertiert, das Kind hochsensibel oder es hat erlebt, dass es alleingelassen wurde mit seinen Gefühlen, und macht nun extrem auf seinen Schmerz aufmerksam. Oder es besteht ein tieferer seelischer Schmerz: Eifersucht auf das Geschwisterkind, Trennungsangst … Extreme Gefühle haben immer Botschaften.

Erlebte emotionale Verletzungen wie Entwertung oder Beschämung können für ein Kind fast untröstlich sein. Dann reagiert es mit heftiger Verzweiflung und benötigt dringend Zuwendung und Verständnis. Soziale und kommunikative Ausgrenzung, zum Beispiel das Kind vor die Tür setzen oder für eine bestimmte Zeit ins Zimmer schicken, sind keine Antworten auf den kindlichen Schmerz, sondern belasten zusätzlich. Wenn unsere Freundin uns wegschicken würde, wenn wir herzzerreißend weinen und wütend sind, weil der Partner uns verlassen hat, würden wir uns sicherlich im Stich gelassen fühlen. Das Vertrauen wäre dauerhaft gestört.

## »Wird das heut noch was?!«

An der Kasse im Supermarkt stand ein etwa achtjähriger Junge vor mir, der in seiner Tasche kramte. Die Kassiererin war gestresst und fuhr ihn an: »Wird das heut noch was?! …« Er solle mal schneller sein Geld herausholen. Ich war überrascht, aber das Kind kannte wohl solche unfreundlichen Erwachsenen und konnte scheinbar gelassen damit umgehen. Ich drehte mich um und schaute in den Laden, da standen und liefen viele Menschen, aber die Stimmung war die einer Beerdigung. Ich bemühte mich, diese Stimmung nicht an mich herankommen zu lassen, und verließ das Geschäft dennoch etwas bedrückt. Da sah ich den Jungen von der Kasse, wie er weinend auf dem Parkplatz stand und von seiner Mutter getröstet wurde. Ich war froh. Und bedauerte es zugleich, dass mich in diesem Moment niemand tröstete. Denn auch Erwachsene brauchen Berührungen, liebevolle Worte, gute Zuhörer und Trost.

Ich sprach mit verschiedenen Personen über mein Erlebnis und bekam unterschiedliche Reaktionen. Eine Mutter sagte: »Naja, er hätte das Geld ja vorher raussuchen können, anstatt die anderen warten zu lassen. Durch die unfreundliche Kassiererin wird er es lernen.« Ein Vater meinte: »Klar, dass er sich bei seiner Mutter ausheult, die tröstet ihn auch noch.« Ein Großvater sagte etwas Beeindruckendes: »So etwas habe ich auch schon erlebt, so unfreundliche Kassiererinnen, die können nicht warten, bis ich meinen Einkauf fertig eingepackt habe. Dieser Zeitdruck und diese Unfreundlichkeit machen mich ganz traurig und ich glaube auch

*»Belehrung findet man öfter in der Welt als Trost.«*

Georg Christoph Lichtenberg

krank. Keiner interessiert sich dafür, warum ich vielleicht etwas länger brauche als andere. Ich bin froh, dass die Mutter ihren Jungen verstanden hat.«

Also trösten wir unsere Kinder. Sie haben es verdient, mit einem positiven Gefühl des Willkommenseins die Welt zu entdecken. Gefühlsmäßige Verletzungen und Kränkungen oder das Gefühl, nicht richtig zu sein, machen körperlich und psychisch krank. Kinder sollen gesund, überwiegend glücklich und mit Zuversicht und Warmherzigkeit ihr Leben meistern. Dazu brauchen sie verlässliche und Trost gebende Bezugspersonen und Erwachsene.

## Hilferufe

Babys oder Kinder allein in ihrem Bett schreien zu lassen, Kinder zu beschimpfen, lächerlich zu machen oder zu beschämen wirkt zerstörend auf das kindliche Selbstbewusstsein und verhindert auch, dass hinterher Trost der Bezugspersonen angenommen werden kann. Erlebt ein Kind dies, wird es untröstlich und ganz still werden oder sich unverstanden fühlen.

Kinder nicht ernst zu nehmen ist eine Form der Zurückweisung und verhindert, dass das Kind sich weiterhin dem Erwachsenen anvertraut und seine Gefühle zeigt. Ironie kann ein Kind nicht verarbeiten. Viele Kinder verstehen schon den Inhalt, jedoch nicht die emotionale Ebene. Ironie verhindert ebenfalls Nähe und Trost. Sie führt zu ohnmächtiger Wut und macht Kindern Angst.

Untersuchungen zeigen, dass Kinder, die mit emotionaler Gewalt wie verbaler Kränkung, Erniedrigung und Beschämung konfrontiert sind, besonders gefährdet sind, an Depressionen zu erkranken. Kinder, die körperliche Gewalt erleben mussten – diese beginnt bereits bei einem Klaps auf den Po, Ohrfeigen oder einem Schlag auf andere Körperteile –, sind selbst gefährdet, gewalttätig zu werden.

Das Herz zu verschließen hat starke Auswirkungen auf die psychische Entwicklung unserer Kinder. Kinder und Jugendliche würden dies nie freiwillig tun, da sie Sehnsucht nach Liebe und Anerkennung spüren. Wenn die körperlichen und seelischen Verletzungen zu stark sind und diese Gefühle nicht ausgehalten werden können, stellen Kinder ihre Gefühle unbewusst ab oder reduzieren sie.

## Emotionale Hungersnot

Babys zeigen ihre Not und Sehnsucht nach Trost durch ihr Schreien. Sie können ihre Hilferufe durch folgende Verhaltensweisen mitteilen: Nahrungsverweigerung, ständiges Aufschrecken, extremes Schreien, frühkindliche Depressionen, körperliche Anspannung, innerer Rückzug oder Ängstlichkeit. Dies alles sind Hilferufe, die ausdrücken: »Ich brauche dich, Mama, ich brauche dich, Papa, ich will mit meinem Herzen fühlen, dass ihr mich liebt.«

Kleinkinder äußern ihre Hilferufe anders als Babys. Manche Kinder können kaum Kontakt mit anderen Kindern aufnehmen, obwohl sie es gerne möchten, da sie ein emotionaler Panzer vor Kränkungen und Verletzungen schützt.

*»Ob du glaubst, du schaffst es, oder ob du glaubst, du schaffst es nicht – du wirst auf alle Fälle recht haben.«*

Henry Ford

Emotional verletzte Kinder stehen unter enormer Anspannung, diese wird durch ihre Körperhaltung oder ihren oft künstlichen Gesichtsausdruck sichtbar. Manche Kinder sind ganz wütend und emotional kaum zu erreichen. Hinter der Wut steckt meistens eine große Entwertung, Kränkung, Einsamkeit oder Gewalterfahrungen. Diese eigentliche Trauer und Traurigkeit drücken besonders Jungen oftmals durch Wut, manchmal sogar grenzenlose Wut aus. Wenn Mädchen keinen Trost bekommen oder diesen emotional aus den genannten Gründen nicht spüren können, beobachte ich häufig, dass sie die Wut gegen sich selbst richten.

Ein häufiger Hilferuf bei Kindern ist Traurigkeit, die untröstlich erscheint. Auch mit Trampeln und altersunangemessenem Schreien weisen Kinder auf ihre Not hin. Ein nicht zu unterschätzender und leider häufig falsch verstandener Hilferuf ist die Schulangst. Andere Kinder mit verschlossenen Herzen zeigen Ängste, die ihrem Alter und ihrer Entwicklung nicht angemessen sind. Dann bleibt gut gemeinter Trost wirkungslos, weil er das Herz nicht mehr erreicht. Der Hilferuf des Kindes benötigt dringend eine Antwort des Gefühls und nicht des Verstandes.

Jugendliche schwanken oft zwischen ungestillter Sehnsucht nach verlässlichen Eltern und dem gleichzeitigen Abgrenzungswunsch von der Erwachsenenwelt: Sie sind ganz empfindsam, da sie sich selbst gerade in Frage stellen und nach dem Sinn des Lebens suchen. Nun wirken alle früheren Verunsicherungen nach.

Wenn Jugendliche von ihren Eltern, Betreuern oder Lehrern Abwertung, Bloßstellung und negative Bewertungen erfahren, schützen sie sich emotional. Wenn sie ihr Herz verschlossen und sich von ihren Mitmenschen abgewendet haben, spüren sie auch nicht mehr das Positive. Dann verlieren sie mit ihrer Körperpanzerung auch ganz viel von ihrem Einfühlungsvermögen, sodass sie leicht anderen Personen Schmerz oder Demütigung zufügen.

Jugendliche, die mit ihren Wünschen nach Anerkennung allein bleiben, erleben noch mehr Ausgrenzung. Es kommt zu Selbstverletzungen, Depressionen, Aggressionen, Essstörungen, genereller Verweigerung, Suchtverhalten, Antriebslosigkeit und permanentem Rückzug. Durch Gespräche und faire Diskussionen können wir sie erreichen.

## Struktur und Begleitung

Wenn wir die Hilferufe der Babys, der Kinder und Jugendlichen ernst nehmen und ihnen Trost, Begleitung und emotionale Nahrung geben wollen, müssen Erwachsene ihnen mit geöffnetem Herzen begegnen. Grundvoraussetzung für gelungenes Trösten ist eine verlässliche Eltern-Kind-Bindung. Die Hilferufe nach Geborgenheit, Liebe und emotionaler Freiheit sind durch Einfühlungsvermögen, Feinfühligkeit, Halt, Struktur und Begleitung zu beantworten. So kann die Herzverbindung auf beiden Seiten wieder fließen und das Gefühl der Verbundenheit wird verankert. Das Herz und damit die warmherzigen Gefühle sollten immer wieder neu berührt werden. Dazu ist tiefes Durchatmen unerlässlich.

*»Es muss von Herzen kommen, was auf Herzen wirken soll.«*

Goethe

## Das Herz öffnen

Angst, Beschämung oder Bloßstellung lösen starke Gefühle aus, das gilt für Erwachsene genauso wie für Kinder. Körperlich gesehen handelt es sich um Schutzreaktionen, die durchaus angemessen sind: Die Gefühle warnen vor Verletzung. Aber gesellschaftlich sollen wir Gefühle kontrollieren und sie nur überlegt artikulieren. Das macht das Zusammenleben leichter und kontrollierbarer. Es macht uns aber auch krank, denn unterdrückte Gefühle schaden dem Organismus. Kinder agieren also ganz gesund, wenn sie direkt losschreien, hemmungslos weinen, wie wild um sich schlagen oder sich traurig und wortlos zurückziehen. Je jünger das Kind ist, desto direkter zeigt es seine Gefühle.

Wenn ein Kind aber regelmäßig körperliche und/oder seelische Gewalt erfährt, verkriecht es sich in einen emotionalen Panzer, in dem es weder Erniedrigung noch stärkende Gefühle spürt. So ein Kind kann sich dann auch schwer an Regeln halten oder sich in Gruppen integrieren, da es sich selbst nicht angemessen wahrnimmt.

»Auf äußere Reize reagiert der Körper als Ganzes mit Expansion oder Kontraktion. Verharrt der Körper in einem dieser Zustände, entsteht Panzerung auf körperlicher Ebene. In der Körperpanzerung sind Gefühle eingefroren. Bei Angstzuständen ist die Muskulatur meistens angespannt, bei Lust ist sie entspannt«, schreibt Eva Reich. »Es wird davon ausgegangen, dass ein Baby bereits bei emotionalem oder körperlichem Schmerz seinen Körper als verspannt und gepanzert erlebt.«

Man könnte auch von einem Verschließen des Herzens sprechen, da Gefühle unterdrückt und nicht angemessen erlebt werden. Das bedeutet jedoch, dass das Baby/Kind auch die liebevollen Gefühle nicht an sich heranlassen kann. Es ist eine Entscheidung des Körpers und nicht des Verstandes. Das Herz muss berührt werden, um die Körperpanzerung aufzulösen. Mit liebevoller Massage, warmherzigen Berührungen und einer guten Versorgung der ganz frühen Bedürfnisse des Säuglings ist dies möglich. Eva Reich beschreibt es so: »Durch die Massage werden Endorphine im Körper produziert, das sind Neurohormone, die Gefühle wie Wärme, Liebe, Freundschaft, Zusammengehörigkeit verstärken können. Die Spannungen lösen sich und fließen ab.«

## Herzverbindung

Das Herz ist bereit, liebevolle Gefühle zu spüren. Dabei erlebt das Kind das Gefühl von Sicherheit und Willkommensein. Die emotionale Nabelschnur, die Herzverbindung, das tiefe Gefühl zueinander trägt die Eltern-Kind-Beziehung. »Egal, ob Eltern oder Therapeuten, durch Babys werden wir gezwungen, uns mit uns selbst auseinanderzusetzen. Tun wir dies, können die Babys uns helfen, neue Bereiche unserer Persönlichkeit zu erschließen. Unterlassen wir es jedoch, werden uns die Schreie der Säuglinge aufrütteln und daran erinnern, dass unsere Herzen und Seelen verschlossen sind«, so schreibt Thomas Harms. Ich denke, dies gilt genauso für Kinder und Jugendliche, die wir begleiten. Kinder genießen heute immer

*»Ist das, was das Herz glaubt, nicht genauso wahr wie das, was das Auge sieht?«*

Khalil Gibran

weniger nicht kontrollierte und nicht bewertete freie Zeit. Die Herausforderungen an sie werden immer mehr an die Erwachsenenwelt angeglichen, ohne dabei zu berücksichtigen, was ihrer Entwicklung angemessen ist.

Den meisten Kita-Kindern gefällt es, in Gruppen mit bis zu 25 Kindern zu spielen, zu streiten und sich so zu entwickeln. Es gibt aber auch Jungen und Mädchen, die damit überfordert sind und den Raum, den ihnen die Kita zur Entfaltung ihrer Persönlichkeit bietet, nicht nutzen können. Bei manchen wird das kindliche Temperament in der Gruppe zu sehr eingeschränkt. Diese werden dann häufig zu »ADHS-Kindern«. Andere, »pflegeleichte« Kinder können in der unruhigen Gemeinschaft ihrer Kreativität nicht nachgehen, weil sie eingeschüchtert sind.

Mich interessieren aber nicht nur die sogenannten Problemkinder, die ihren Eltern Sorgen machen, sondern auch jene, die ihre Gefühle, Bedürfnisse und ihre Persönlichkeit zu Gunsten der Gruppe aufgeben. Jugendliche mit Depressionen und selbstverletzendem Verhalten sind oft nicht die Raufbolde oder sichtbar »Auffälligen«.

Kinder brauchen Platz zum Toben, für ausgelassene Bewegungserfahrungen, für Kreativität und für Heimlichkeiten. Wir trösten Kinder und wundern uns über die Heftigkeit ihrer Gefühle. Aber die perfekten Erwachsenen gibt es genauso wenig wie perfekte Kinder. Erwachsene sind manchmal unaufmerksam, leistungsorientiert und ungeduldig mit Kindern. Das liegt häufig an der Überforderung und am Zeitdruck von Erwachsenen und an den permanenten Bewertungen, die Eltern selbst erfahren.

Kinder erleben täglich Frust

Die belastenden Gefühle sind nicht immer direkt von anderen Personen verursacht worden, oft ergeben sie sich zwangsläufig aus der Organisation des Alltags: Durch viele kleinere oder größere unschöne Situationen entstehen Momente, die Kinder traurig, wütend, ängstlich oder aggressiv werden lassen. Diese Gefühle zeigen Kinder meist als Hilferuf. Sie sagen damit: »Ich brauche Trost. Ich habe Sehnsucht nach Verlässlichkeit und Schutz. Ich brauche einen vertrauten Menschen, der mich so annimmt, wie ich bin.« Kinder suchen Menschen, von denen sie feinfühlig getröstet werden und bei denen sie »Kind sein« dürfen.

## Bereit sein zu trösten

Die Lebenserfahrungen der Erwachsenen, ihre gesammelten Kränkungen, Demütigungen und Momente, in denen ihre Gefühle nicht erkannt wurden, führen dazu, dass sie Kindern gegenüber ihr Herz verschließen. Meist merken sie gar nicht, wie fremd sie ihren Kindern sind. Statt Trost artikulieren sie Härte, Perfektionismus, Ungerechtigkeit, Ironie und Strenge.

Viele Erwachsene haben in der Kindheit erlebt, dass ihre Gefühle nicht beachtet wurden. Einige Eltern haben selbst Eltern, die ihre Elternkompetenz daran geknüpft haben, wie gut gelaunt ihr Kind

*»Wo man am meisten fühlt, weiß man am wenigsten zu sagen.«*

Annette von Droste-Hülshoff

äußerlich wirkte oder wie angemessen es sich verhielt. Die kindlichen Tränen, Gefühlsausbrüche und Wutanfälle sehen immer noch viele Eltern als Maßstab ihres Elternseins, deshalb werden diese Gefühle so oft ruhiggestellt.

Schreien wurde lange Zeit als Zeichen von Verwöhnung und Sturheit empfunden – eine Tendenz, die heute unter dem Label »Kleine Tyrannen« wieder aktuell ist. Aletha J. Solter schreibt: »Kinder weinen, weil sie verzweifelt versuchen, schmerzliche angestaute Gefühle loszulassen. Sie verhalten sich wie ein Schnellkochtopf, der seinen Dampf durch die Düse ablässt.« Deshalb brauchen Kinder Erwachsene, die ihre Gefühle von Traurigkeit, Wut oder Angst akzeptieren und ihnen helfen, ihre extremen Emotionen zu verändern. Wenn die Erwachsenenwelt nicht begleitet, sondern nur zuschaut, bleiben die Kinder von ihren Gefühlen überflutet.

Auf einem Hamburger Spielplatz konnte ich folgende Szene beobachten: Zwei Kinder von ungefähr drei Jahren, ich nenne sie Finn und Luca, offenbar gute Freunde, spielten im Sandkasten. Sie bauten zusammen eine Burg und waren ganz fröhlich und kreativ in ihrem Spiel, bis Finns Mutter von der Bank aufstand und rief: »Finn, wir wollen jetzt nach Hause gehen.« Finn hörte nicht hin, vielleicht war er in die Fantasiewelt seines Spiels vertieft. Die Mutter ging zur Sandkiste und zog Finn heraus: »Wir wollen gehen.« Finn fing an zu schreien und warf sich auf den Boden. Seine Mutter sagte lachend zu der noch auf der Bank sitzenden Mutter: »Jetzt hat er wieder seinen Wutanfall. Immer muss er sich austoben mit seinem Geschrei.« Finn ist keinesfalls ein kleiner Tyrann, der seine Mutter im Griff hat. Ich bin sicher, er fühlte sich alleingelassen, unverstanden und beschämt durch das Lachen der Mutter.

## Bewegung

Erwachsene können gut trösten, wenn sie sich vom Stresserleben ihrer Kinder nicht anstecken lassen. Auch dürfen sie nicht durch ihr eigenes emotionales Erleben in einen körperlichen Alarmzustand versetzt sein. Denn Kinder spüren an den Körperreaktionen der erwachsenen Person, ob diese ruhig und entspannt ist beim Trösten, ob sie die eigenen Gefühle reguliert oder eben nicht.

Dass Körper und Geist untrennbar verbunden sind, zeigt sich beim Trösten besonders, wenn durch Nähe und Bewegung ein mentales Gleichgewicht wiederhergestellt werden kann. Für gestresste Kinder ist es schwierig, in die Entspannung zu kommen, da sie sich selbst nicht mehr spüren. Sie brauchen Wahrnehmungsreize, um sich ihres Körpers bewusst zu sein.

Bewegung im Mutterleib ist der Ausdruck des Lebens. Wie sehr freuen sich Eltern, wenn sie die ersten Bewegungen des Embryos spüren oder auf dem Bauch fühlen oder sehen können. Bewegung ist Ausdruck von Lebensfreude. Die innere Bewegung ist genauso wichtig wie die äußere tatsächliche Bewegung. Viele Kinder erleben Sport und ihre Lust an der Bewegung als Möglichkeiten der Selbstregulation. Dann können sie schmerzlichen Gefühlen einen neuen Rahmen geben und erleben ihre Kraft und Stärke im körperlichen Ausdruck.

Toben, Klettern, Spielen

Kinder, die sich beim Toben, Klettern oder Spielen selbst spüren und ihre Schwächen und Stärken am eigenen Körper erleben, entwickeln ein Gefühl für eigene und fremde Grenzen, was ihren Sinn für Zwischenmenschlichkeit fördert. In jedem Alter brauchen Kinder Platz für Bewegung und Orte, an denen sie – ohne Angst vor Strafe – laut sein dürfen, wo sie Natur, Tiere und Menschen im freien Spiel entdecken können. Denn der Ausdruck der Stimme und Bewegung körperlicher und geistiger Art lösen Anspannung und Wut. Das Kind erfährt die eigene Regulationsfähigkeit.

Die Gefühle der Kinder lassen sich von ihrem Körper ablesen: Ein trauriges oder ängstliches Kind schaut oft herunter und zieht die Schultern zusammen. Ein beschämtes Kind unterbricht den Blickkontakt. All unsere Lebenserfahrungen vom Embryo zum Baby bis hin zum Kind, Jugendlichen und erwachsenen Menschen werden, Eva Reich zufolge, im Körper gespeichert: »Der Körper erinnert sich an alles, was ein Mensch bisher erlebt hat.« Man könne also »annehmen, dass alle Erinnerungen im Körper sinnlich vorhanden und abrufbar sind. … Was mit uns am Anfang – an der Basis – unseres Lebens geschieht, bestimmt ganz wesentlich, wie wir heute sind.«

## Falscher Trost

Alkohol, Drogen, Medienkonsum, aber auch Essen können als Kompensation seelischer Not dienen. Hinter jeder Sucht verbirgt sich eine Sehnsucht. Dies gilt bereits für Kinder. Wenn sie als Trost nicht Nähe, Liebe und Verständnis empfinden, sondern Süßigkeiten, Ablenkung, Medien oder Geschenke, entwickeln sie auch nicht das Grundvertrauen, dass Gefühle veränderbar sind und Trost hilfreich ist.

In der Spielgruppe meines Patenkindes war der kleine Ben. Die Kinder waren alle ein knappes Jahr alt. Ben weinte, weil er beim Krabbeln gegen den Tisch gestoßen war. Die Mutter, eine ganz aktive Frau, unterhielt sich gerade mit einer anderen Mutter. Sie ging kurz zu Ben und steckte ihm ohne ein Wort oder eine Geste des Trostes den Schnuller in den Mund, damit er sich beruhigte. Welche Erfahrung Ben auf diese Weise abspeicherte, ist nachzuvollziehen.

Die Mutter von Tom hatte eine andere Art des Umgangs mit ihrem Sohn. Kurze Zeit später wurde er von Jule mit einem Spielzeugauto auf den Arm gehauen. Tom weinte und weinte und krabbelte Richtung Mama. Prompt stand die Mutter auf, nahm Tom auf den Arm und sprach mit ihm. Sie gab ihm ihre ganze Aufmerksamkeit und streichelte ihn. Nach kurzer Zeit wollte Tom weiter mit Jule spielen. Er hatte genug Trost von seiner Mutter bekommen. In seinem Inneren kann er abspeichern: »Ich kann Mama vertrauen. Sie tröstet mich, wenn ich sie brauche. Ich bin nicht allein mit meinem Schmerz.«

*»Die Intelligenz des Denkens ist nichts ohne die Intelligenz des Herzens.«*

Romain Rolland

Auch altersangemessenes Trösten von Kindern gegenüber anderen Kindern, Erwachsenen oder einem Haustier stärkt das Kind selbst. Denn auch so lernt es, dass Gefühle veränderbar sind. Seine Zuversicht in Bewältigungsstrategien festigt sich.

## Schmerzliche Gefühle

Weinen befreit

Oft sind es unvermeidliche Frustrationen, die Kinder traurig oder wütend werden lassen, aber auch solcher Schmerz braucht Trost. Das Weinen ist Befreiung und Entladung, so beschreibt es Aletha J. Solter in ihrem Buch *Warum Babys weinen*. Kinder, die ihr Weinen unterdrücken, haben meist Gründe dafür. Das Vorbildverhalten von Erwachsenen, wie sie mit Hindernissen und belastenden Gefühlen der Kinder umgehen und wie sie selbst Gefühle von Verlust, Trauer oder Wut ausleben, wirkt auf Kinder. Kinder zeigen ihren emotionalen Rückzug durch aggressives oder überangepasstes Verhalten.

Nur das Auslebendürfen von Gefühlen führt zu innerer Freiheit und dem Auflösen von Sorgen und Anspannung. Solter schreibt ganz eindrücklich, dass unterdrückte Gefühle zur emotionalen Verstopfung führen. Gefühle auszuleben bedeutet nicht, sie wegzudiskutieren oder zu entschuldigen, sondern ihnen über Körper und Bewegung Ausdruck zu verleihen, zum Beispiel Türenknallen, lautes Schreien oder Trampeln. Oft ist das nicht erlaubt, dabei wäre es eine gute Möglichkeit, um Wut und Verletzung auszudrücken. Auch Tränen können dem Ärger ein Gesicht geben.

## Trost annehmen

Nicht alle Kinder und Erwachsenen können Trost annehmen, sondern reagieren mit Abwehr und Rückzug. Doch zu trösten und sich trösten zu lassen ist etwas Grundlegendes im Zusammenleben von Menschen, da wir alle soziale Wesen mit dem Grundbedürfnis nach Bindung sind.

### Sichere Bindung

Wer als Kind Sicherheit und Verlässlichkeit in einer feinfühligen Eltern-Kind-Beziehung erfahren durfte, entwickelt, wie John Bowlby es beschreibt, eine sichere Bindung. Die sichere Bindung gibt dem Menschen Vertrauen und die Gewissheit, nicht allein auf der Welt zu sein. Sicher gebundene Kinder spüren ein tiefes Vertrauen und ein Gefühl der Geborgenheit. Die Grunderfahrung, emotional gehalten, getröstet und begleitet zu werden, trägt der Mensch bis ins hohe Erwachsenenalter mit sich. Diese so frühen nonverbalen Erlebnisse, das Vorbildverhalten der Erwachsenwelt und unser Temperament entscheiden auch darüber, ob wir uns trösten lassen oder mit Abwehr reagieren, obwohl wir Sehnsucht nach liebevoller Unterstützung haben.

Ob und wie sich ein Kind trösten lässt, wird beeinflusst von seinen frühesten Erfahrungen und seiner Persönlichkeit. Trost kann es nur annehmen, wenn sein Gegenüber überwiegend feinfühlig ist und Verlässlichkeit zeigt. Es braucht auch die Fähigkeit des Einfühlens, denn wie sollte das Kind sonst sicher wissen, wer es gut mit ihm

*»Wir standen uns so nah, dass es zwischen uns keinen Platz mehr gab für Gefühle.«*

Stanislaw Jerzy Lec

meint oder wer nicht? So geht die Erfahrung von Trost einher mit der Entwicklung und Entfaltung von Empathie.

Hochsensible Kinder nehmen bei ihrem Gegenüber verstärkt dessen Gefühle wahr. Das kann zu Überforderung führen. Eltern, die selbst hochsensibel sind, nehmen oft die Bedürfnisse des Kindes wahr, bevor es selbst diese eigenständig fühlen konnte. Bei Säuglingen kann dies hilfreich sein, um sie prompt zu versorgen. Je älter sie werden, desto mehr werden den Kindern dadurch aber wichtige Erfahrungen genommen.

Trösten heißt liebevoll zu begleiten, nicht aber, die Situation für das Kind zu lösen und gleich in eine Handlung überzugehen. Wenn Kinder ihre eigenen Bedürfnisse, ihren Schmerz und ihre Not noch nicht spüren, können sie auch noch kein gut gemeintes Trösten annehmen. Stattdessen gerät ihre Gefühlswelt durcheinander: Sie werden nicht gehalten, sondern überflutet von den Emotionen des Gegenübers. Geben Sie Kindern Zeit!

## Wenn Trost erdrückt

Kinder sind vor Gewalt und emotionalen Übergriffen zu schützen, jedoch nicht vor lebensnotwendigen und entwicklungsfördernden Erfahrungen zu bewahren. Dazu zählen auch Konflikte, Streit und Versagungen. Wer sein Kind zu sehr behütet, verhindert damit die altersangemessene Entwicklung. Der Druck, der heute auf Kindern lastet, macht es schon schwer genug, Zeit und Raum für wichtige Erfahrungen zu finden.

### Bündnisse

Die größte Entwicklungschance haben Kinder, die sich ausprobieren und Fehler machen dürfen. Kinder werden geschwächt, wenn ihnen dies abgenommen wird, etwa von Eltern, die sich mit ihrem Nachwuchs gegen eine als bedrohlich empfundene Außenwelt verbünden. So erlebt das Kind eine altersunangemessene Symbiose mit der Mutter oder dem Vater, die verunsichert und das Kind schwächt. Denn vor sogenannten Feinden haben Kinder Angst und fühlen sich noch kleiner und schwächer. Der Erwachsene wird zum einzigen Verbündeten und das Kind bleibt schwach. Das geschieht oftmals aus Liebe zum Kind und weil das Kind als Partnerersatz gesehen wird.

Wenn das Kind mit dem »Feind« in Kontakt tritt, fühlt es sich als Verräter seiner Eltern. Es wird immer unsicherer und emotional abhängig. Die vermeintlichen Feinde, etwa Mitschüler, werden emotional auf Abstand gehalten, denn Eltern vermitteln in so einer Lage: »Wenn der dich geärgert hat, spielst du nicht mehr mit ihm«, oder rufen an und beschweren sich. Das Kind wird nicht getröstet, weil

es ausgegrenzt oder gekränkt wurde, sondern weiter isoliert. Die Eltern meinen es gut, wollen ihr Kind unterstützen – und ignorieren dessen Gefühle. Geholfen wäre dem Kind eher mit Fragen wie »Was willst du nun machen?« oder »Wie, denkst du, geht es jetzt weiter?«. Kinder sind von ihrer emotionalen Grundstruktur her viel weniger bewertend und nachtragend als Erwachsene. Diese Stärke sollten wir ihnen lassen.

## Bloß kein Mitleid

Viele Kinder empfinden starken schulischen Druck, haben Angst vor der nächsten Klassenarbeit. In meiner therapeutischen Praxis erlebe ich immer wieder, wie liebevolle Eltern sich in diese Belange hineinsteigern. Dann erlebt die Mutter oder der Vater die Gefühle des Kindes, als wären es die eigenen Gefühle von Angst, Wut oder Unsicherheit.

Eine solche Vermischung eigener unreflektierter Schulerfahrungen mit den Gefühlen des Kindes potenziert die kindlichen Emotionen unverhältnismäßig. Das Kind erfährt weder Trost noch Begleitung und kann keine eigenen Bewältigungsstrategien entwickeln. Stattdessen wird es emotional geschwächt. Was bleibt, ist eine noch stärker erlebte Schulangst. Dem Kind die eigene Angst zu zeigen oder es in seinen negativen Gefühlen zu bestätigen führt letzten Endes zu Entmutigung und gesteigerter Panik.

Besser ist es, wenn Eltern versuchen, die Ängste ihres Kindes zu verstehen, und erfragen, wodurch genau sich das Kind belastet fühlt. Das Benennen von Angst, Wut und Traurigkeit ist ein wichtiger Schritt ihrer Bewältigung. Vielleicht braucht das Kind auch erst einmal Zeit für sich – oder Bewegung. Später im Gespräch kann man dann gemeinsam herausfinden, was sich das Kind als Unterstützung wünscht.

Lachen und Toben lockert die Familiensituation und damit auch das Kind. Trost kann auch Spaß und gemeinsames Lachen sein, wenn das Kind sich zuvor mit seiner Belastung verstanden gefühlt hat. Wer lachen kann, nimmt vieles leichter, da sich der Körper entspannt. Kinder brauchen die Gewissheit, dass ihre Gefühle veränderbar sind. Schwere Enttäuschungen halten Kinder nur begrenzt

## Zu viel Trost?

Viele Eltern haben Angst, dass ihre Kinder aufgrund von zu viel Trost wehleidig werden. Das ist gar nicht möglich, wenn mitfühlend getröstet wird. Wehleidigkeit gibt es eher bei Kindern, die von Erwachsenen »getröstet« wurden, die emotional nicht beim Kind sind, weil sie die Gefühle ihrer Kinder als ihre eigenen erleben. Oft werden sensible oder hochsensible Kinder als wehleidig bezeichnet. Dabei handelt es sich um Heranwachsende, die körperlichen oder emotionalen Schmerz stärker als andere Kinder empfinden. Sie brauchen angemessen Trost und Verständnis und keine Bewertung.

Vielleicht ist nach dem Rollersturz die Verletzung am Knie gar nicht so schlimm, aber das Kind weint und schreit trotzdem. Denn der nicht sichtbare emotionale Schmerz wird tief empfunden. Kinder brauchen immer Trost. Werden unsere Kinder wehleidig, sollten Erwachsene noch einmal prüfen, ob sie ihr Kind beim Trösten bisher geschwächt oder gestärkt haben. Auch Wehleidigkeit ist eine Botschaft an die Eltern, die es zu verstehen gilt.

aus. Trost bieten auch Übungen, die Kindern helfen, die eigene Angst zu spüren und ihr die Kraft zu nehmen. Dazu gibt es hilfreiche mentale Ideen, zum Beispiel: Bildkarten mit stärkenden Sätzen, Angst in eine Kiste legen und verschließen, einen stärkenden Ort vorstellen und dort hindenken um sich Kraft zu holen. Trost bedeutet auch, das Kind zu stärken, für seine Interessen und Bedürfnisse eigenständig einzutreten. Trost ist vieles, nur Mitleid tröstet nicht.

Kinder wollen weder bedauert noch erniedrigt werden, wenn sie ihre Gefühle und Bedürfnisse zeigen. Sie suchen Verlässlichkeit und Sicherheit bei ihrer Suche nach eigenen Bewältigungsstrategien. All das erfahren sie durch altersangemessenen Trost.

Kinder wachsen an eigenen Konflikten

In Streitsituationen Trost zu geben ist sicherlich gut, jedoch nicht, wenn die Erwachsenen die Konfliktsituationen von Kindern beurteilen und bewerten. Wenn Kinder traurig sind oder sich ungerecht behandelt fühlen, sind ihre Gefühle per se richtig, auch wenn Erwachsene es anders sehen.

Haben Sie Vertrauen in Ihr Kind, dass es Enttäuschungen, wenn es von Ihnen begleitet wird, bewältigen kann und es daraus gestärkt hervorgehen wird. Nur ganz allein zu sein mit Enttäuschungen oder gar für seine Gefühle und Bedürfnisse bestraft zu werden zu werden, verletzt die Kinderseele.

# SCHWERE ABSCHIEDE

Ob Umzug, Scheidung oder der Tod eines geliebten Menschen – genauso individuell wie ihr Trauern sind die **Bewältigungsstrategien** von Kindern.

## Trennung tut weh

Stefanie bringt ihren vierjährigen Sohn Max in den Kindergarten. Seit einem Jahr geht er dort gerne hin. Aber an diesem Morgen ist Max unzufrieden. Als sie den Kindergarten betreten, schmeißt er sich auf den Boden des Flurs und weint. Stefanie fragt ihn, was los ist, und berührt ihn, um ihn zu trösten. Sie setzt sich zu ihrem Sohn auf den Fußboden. Aber Max bleibt liegen.

»Ich bin für dich da.«

Die Erzieherin kommt und möchte Stefanie unterstützen. Sie begrüßt Max und will ihn dann auf den Arm nehmen. Max reagiert prompt und haut sie. Die Erzieherin reagiert einfühlsam, geht einen Schritt zurück und entschuldigt sich für das unerlaubte Anfassen und Einmischen. Sie sagt: »Max, ich bin für dich da, wenn du mich brauchst.«

Stefanie ist erleichtert über diese Reaktion. Sie streichelt Max noch eine Weile, dann kommt er in ihren Arm, weint und lässt sich trösten. Seine Mama gab ihm die Zeit, die er brauchte. Danach geht er zur Erzieherin und setzt sich in ihren Schoß, um sich ein Buch vorlesen zu lassen. Sobald seine Sehnsucht nach Sicherheit erfüllt ist, kann Max sich entspannen und seine Mama gehen lassen.

Jeder Abschied ist ein neuer Anfang. Das ist nicht nur im Kindergarten so. Bei jeder Trennung von einer Bezugsperson, auch nach Besuchswochenenden von getrennt lebenden Eltern, bedeutet der Abschied von Papa ein Wiedersehen mit Mama. Oder umgekehrt. Wie der Abschied wahrgenommen und gestaltet wird, hat großen

*»Wir können den Wind nicht ändern, aber wir können die Segel richtig setzen.«*

Aristoteles

Einfluss auf den Neubeginn. Dabei ist es entscheidend, wie das Kind begleitet und getröstet wird und ob seine Gefühle ernst genommen werden.

Ist ein Kind nach einem Besuchswochenende beim anderen Elternteil aggressiver oder zurückgezogener als sonst, ist dies meist nicht Ausdruck eines belastenden Wochenendes, sondern Abschiedsschmerz. Die spontanen emotionalen Signale von Kindern sind vieldeutig. Auch wenn sie nicht immer nachvollziehbar sind, verdienen sie es, ohne Bewertung begleitet zu werden.

In meiner Praxis lernte ich einen kleinen Jungen von acht Jahren kennen. Ich nenne ihn hier Lars. Lars wurde von seiner Mama angemeldet, da der Vater vor einer Woche die Familie verlassen hat. Die Mutter stand noch unter Schock, ähnlich wie beim Tod eines lieben Menschen. Lars kam und erzählte sofort davon, dass der Vater einfach mit seiner neuen Freundin abgehauen sei. Lars war sauer, wütend und verletzt. Aber dann sagte er etwas, das ich von vielen Kindern in dieser Situation kenne: »Mein Papa ist tot, und wenn ich ihn sehe, ist es, als ob ein anderer Mann jetzt mein Vater ist.«

Obwohl es um Trennung oder Scheidung geht, ist der Verlust eines Elternteils für Kinder oft emotional gleichbedeutend wie ein Tod, nur dass nicht nur positive Erinnerungen bleiben, sondern meist neue belastende Situationen verarbeitet werden müssen. Betroffene Kinder sind genauso belastet durch die Trennung der Eltern wie bei der Nachricht, dass jemand verstorben ist. Lars hat recht, das Leben verändert sich, seinen Papa erlebt er mit der Freundin ganz anders. Oft werden Absprachen von Müttern und Vätern nicht eingehalten, und das Kind fühlt sich verunsichert und ungeliebt. Der Elternteil, der bleibt, ist meist durch die Trennung emotional ebenfalls so mit sich beschäftigt, dass Kinder sich alleingelassen und verloren fühlen.

Gute Helfer beim Trösten in Trennungssituationen sind Mapapus (siehe unten, S. 91/92), Kuschelobjekte, für die beide Eltern jeweils ihr Lieblings-T-Shirt hergegeben haben, welche dann symbolisch zusammengenäht werden. So spürt das Kind hautnah, dass Mama und Papa für immer seine Eltern bleiben, auch wenn sie nun getrennt leben.

## Kopf gegen Bauch

Erwachsene gehen oft mit dem Verstand an ihre Gefühle heran, um diese auszuhalten. Gerade bei Trennungen sind beide Elternteile so voller Emotionen, dass sie die Kinder mit ihren Gefühlen und Bedürfnissen aus dem Blick verlieren. Kinder sind ganz in ihrem Körper und im Ausdruck ihrer Gefühle spontan. Ihre Emotionen brauchen einen sicheren Platz, ohne ständig besprochen werden zu müssen.

Kinder wollen Erwachsene trösten. Doch wenn sie diese Aufgabe übernehmen, sind sie emotional überfordert. Jedes negative Wort über den anderen Elternteil verletzt das Kind. Das Kind ist Mama und Papa zu gleichen Teilen. Wenn Erwachsene oder Eltern ihre betroffenen Kinder wirklich trösten wollen, müssen sie den Schmerz des Kindes akzeptieren und begleiten. Ihre eigenen Gefühle auf das Kind zu projizieren, negativ über den anderen Elternteil zu sprechen oder das Kind als Partnerersatz einzubeziehen ist keine Form des Tröstens, sondern belastet Kinder erheblich. Eltern sollten mit ihren Kindern altersangemessen und wahrheitsgemäß über die Trennung sprechen. Das bedeutet nicht, Kindern Details in Sachen Untreue oder Negatives über den anderen Elternteil zu erzählen. Kinder zu schützen ist Elternverantwortung und ein Teil von Begleitung und Trost.

## Erste Hilfe bei Trennung der Eltern

Eltern sollten erkennen, dass das Urvertrauen des Kindes durch ihre Trennung erschüttert ist. Auch eine bisher sichere Bindung zu den Eltern kann diese Erschütterung nicht vollständig aufheben. Begleitung und damit Trost erfährt das Kind, indem beide Elternteile weiterhin die kindlichen Grundbedürfnisse stillen.

Kinder sehnen sich nach Verlässlichkeit. Bei wem das Kind wohnt, muss sofort geklärt werden. Kontakte zum Kind, Besuchskontakte, Telefongespräche oder Gutenachtsagen per Skype oder Whats App sind zu vereinbaren und einzuhalten. Absprachen sind veränderbar und dieses ist oftmals notwendig, die Bedürfnisse des Kindes müssen berücksichtigt werden. Es kann Kindern Trost geben, dass sie wissen, Mama und Papa sind für mich da, auch wenn sie nicht mehr zusammenleben. Trost bei Scheidungen oder Trennungen messen Kinder nicht an den gesagten Worten, sondern an den Handlungen der Erwachsenen.

## Schuldgefühle

Kinder fühlen sich fast immer schuldig an der Trennung ihrer Eltern und auch, wenn es zu Streit kommt um Geld, Besuchsrecht und so weiter. Deshalb sollten Eltern ihre Kinder vor Themen schützen, die diese nicht zu verantworten haben.

Kinder mit ihren Gefühlen von unbändiger Wut, Trauer, Verzweiflung und Hilflosigkeit zu verstehen und ihre Gefühle anzuerkennen ist eine Voraussetzung, um Kinderseelen nicht noch mehr zu belasten. Bestrafen Sie die Gefühle Ihres Kindes niemals. Die Wut auf den Partner darf nicht an den Kindern ausgelassen werden, ansonsten verschließen sie ihr Herz.

Trost bedeutet, Gefühle nicht zu bewerten, sondern Kindern die Chance zu geben, die eigenen Emotionen selbst zu verstehen. Geborgenheit finden sie erst, wenn wir die Gefühle ernst nehmen, uns jedoch mit Lösungsvorschlägen zurückhalten. Die Gefühle der Kinder auszuhalten und als Erwachsene zu sehen, welche Botschaft in ihnen liegt, ist sehr hilfreich. Lieber sollten wir Kinder dabei begleiten, individuelle Lösungen für belastende Situationen zu entwickeln, anstatt ihnen unsere eigenen fix und fertig zu präsentieren.

## Umzug braucht Wurzeln

Familien ziehen heute immer häufiger um. Oftmals aus finanziellen oder beruflichen Gründen der Eltern, aber auch wegen Trennung der Eltern. Kinder erleben Umzüge ganz unterschiedlich. Manche Kinder haben Angst vor dem Neuen. Ihnen wird das Herz schwer, wenn sie ihre Freunde oder Freundinnen zurücklassen müssen.

In ihrem Buch über Freundschaft weist Nora Imlau darauf hin, wie Kindern geholfen werden kann, um ihre Freundschaften weiter aufrechtzuerhalten, sei es durch Videotelefonie, Briefeschreiben oder Malen: »Für Kinder können solche Erfahrungen sehr bereichernd sein. Ein neues Zuhause, vielleicht sogar eine neue Kultur zu entdecken erweitert den Blick und gibt Kindern die Chance, ganz neue Seiten an sich in ihrer Umwelt zu entdecken.«

## Abschied von Orten

Frei nach dem Motto »Jede verschlossene Tür öffnet eine neue Tür« ist ein Umzug für Kinder eine Bereicherung, die neue Lebensbereiche öffnet – wenn er von den Eltern gut begleitet wird. Meist jedoch ist ein Umzug für Kinder mit schmerzlichen Erfahrungen verknüpft. Kinder lassen ihre Freunde zurück und müssen sich von vertrauten Menschen und Orten verabschieden. Da kommt es zu Gefühlen von Trauer und Verlust.

Nicht alle Kinder reagieren gleich, aber alle brauchen Trost und die Zuversicht ihrer Eltern. Das Verständnis für die Gefühle des Kindes ist dabei ganz entscheidend. Kinder brauchen Begleitung durch hilfreiche Rituale des Verabschiedens und eine Wertschätzung des bisherigen Lebensortes.

Im Bilderbuch *Wir ziehen nach Appeldorf* von Inger Ryden wird ganz liebevoll und nachvollziehbar beschrieben, dass ein Umzug fast immer eine große psychische Herausforderung ist. Mathilda und ihre Eltern müssen sich von vertrauten Dingen verabschieden und diese zurücklassen. Die kleine Mathilda will wissen, was alles mitgenommen wird. »Ich brauche meine Art des Abschieds«, sagt sie und sucht sich im Spiel eine Welt dafür. Als sie am neuen Haus angekommen sind, versteht Mathilda, warum Mama und Papa dorthin wollten.

Veränderungen bieten neue Möglichkeiten, auch des Miteinanders. Die schmerzlichen Gefühle des Kindes auszuhalten und zu begleiten und dennoch die Entscheidung zu treffen umzuziehen, ist eine grundlegende Erfahrung für Eltern. Die Eltern übernehmen die Verantwortung, wo sie leben werden, und nicht die Kinder. Weil die Kinder traurig sind oder wütend reagieren, heißt das nicht, dass es die falsche Entscheidung war. Traurigkeit bedeutet auch »Ich habe mich hier wohlgefühlt und möchte keine Veränderung« oder »Mama und Papa, ich habe Angst vor dem Unbekannten, bitte helft mir«.

Kinder brauchen Klarheit, Verlässlichkeit und deshalb auch wahrheitsgemäße Informationen. Ihnen aus einem eigenen schlechten Gewissen heraus Versprechungen zu machen, die am Ende nicht gehalten werden, ist eine zusätzliche Belastung. Kinder wollen und müssen ihren Eltern vertrauen können. Es hilft ihnen viel mehr, wenn Erwachsene mit ihnen über Ängste und Wünsche sprechen. Auch Rituale trösten, zum Beispiel ein Abschiedsfest mit den Freunden, auf dem das weitere Kontakthalten verabredet wird.

## Kinder und der Tod

Vor vielen Jahren lernte ich die dreizehnjährige Lina kennen. Ihre Mutter machte sich Sorgen, weil ihre Tochter immer wieder ohnmächtig wurde. Zu Hause, aber auch in der Schule kippte sie plötzlich um und musste mehrmals ins Krankenhaus gebracht werden. Die Lehrer durften das Mädchen nicht weiter beschulen, da sie die

Verantwortung nicht tragen konnten. Lina ging in die 7. Klasse der Realschule und fühlte sich dort wohl, hatte Freundinnen und war eine gute Schülerin. Lina sah blass aus und war groß für ihr Alter. Die ärztliche Abklärung blieb ohne Befund – und die Mutter beunruhigt.

Nachdem wir uns besser kannten, sprach ich Lina auf ihren Vater an, der gestorben war, als sie fünf Jahre alt war. Lina sagte, sie erinnere sich nicht, ihr Vater sei jetzt der neue Mann ihrer Mutter. Er kam in die Familie, als sie acht war. Lina kam gern zu mir, wir unterhielten uns ausgiebig. Aber die Mutter wollte nicht, dass der Tod ihres Mannes wieder aufgerollt würde. Allen ginge es jetzt miteinander gut. Der Grund der Ohnmachtsanfälle sei sicher die Pubertät, meinte Linas Mutter.

Je mehr ich mit Lina sprach, desto präsenter wurde ihr verstorbener Vater. Sie erzählte viel von ihm, sagte aber, sie erinnere sich nicht mehr, wenn ich nachfragte. Sobald Lina von ihrem Vater erzählte, bekam sie eine rosige Gesichtsfarbe und wurde ganz entspannt. Ich wollte mehr erfahren, unter anderem, wie der Vater verstorben ist. Lina meinte, sie wisse es nicht, es gab keine Beerdigung. Die Mutter habe ihr nur erzählt, dass der Vater tot sei und nicht wiederkomme. Lina bezweifelte aber, ob das so stimmte.

Im Gespräch mit der Mutter erfuhr ich, dass auch sie nur eine Meldung vom Tod ihres Mannes bekommen hatte. Er war im Ausland

## Trost bei räumlichen Veränderungen

Beziehen Sie das Kind aktiv in den Umzug ein, geben Sie ihm gezielt Aufgaben. So fühlt es sich nicht verloren. Kinder wollen Verantwortung übernehmen und sind stolz, wenn sie ihren Teil zum Umzug beitragen können.

Helfen Sie Ihrem Kind, sich von Freunden, in der Kindergartengruppe, bei netten Nachbarn oder Sportkameraden zu verabschieden. Solche Momente können wehtun, aber nur, wer Abschied bewusst erlebt, ist danach offen für neue Kontakte.

Gestalten Sie für Ihr Kind ein Fotoalbum über den bisherigen Wohnort, Freunde und schöne Erlebnisse.

Geben Sie Informationen über das neue Zuhause, das schafft Sicherheit.

Bereiten Sie Ihr Kind auf die Veränderung vor und pflegen sie feste Rituale: gemeinsames Essen, Zeit und Orte für Gespräche und Gefühle.

Entdecken Sie gemeinsam den neuen Ort, zum Beispiel den Lebensmittelmarkt.

Gehen Sie, wenn das Kind einverstanden ist, den Schulweg eine Woche gemeinsam. Verbundenheit und Gemeinschaft können schmerzliche Gefühle verändern.

verunglückt. Sie selbst war so verzweifelt, dass sie der Tochter verboten hatte, weiter nach dem Vater zu fragen. Der eigene Schock war so groß, dass sie ihre Tochter nicht trösten konnte und ihr deshalb auch die Trauer verbot. Die überforderte Mutter konnte sich Lina nicht adäquat zuwenden. Nach einem Jahr wurde die Leiche des Vaters gefunden und nach Deutschland gebracht. Um die Tochter nicht erneut zu belasten, wurde die Beerdigung vor Lina verheimlicht. Mit der Mutter besprach ich, wie sie ihrer Tochter nach einigen Therapiestunden erklären konnte, was wirklich geschehen ist, und wie sie ihre Tochter behutsam begleiten kann.

## Trauer braucht Zeit

Die Mutter sagte Lina die ganze Wahrheit und konnte ihre Tochter weinen lassen und sie dabei im Arm halten. So geschah ein Stück Heilung. Endlich durfte Lina weinen und wütend sein. Und ihre Mutter hielt es aus. Diese Trauer brauchte Zeit: Lina weinte immer wieder vor Trauer, war wütend, dass der Vater sie alleingelassen hat, und aggressiv gegenüber der Mutter, weil sie ihr Vertrauen verletzt hatte. Die Enttäuschung war sehr schmerzhaft. Aber jetzt war die Mutter da und konnte die Trauer ernst nehmen und die Tochter liebevoll trösten.

Lina war jetzt wie die kleine fünfjährige Lina. Sie kuschelte sich dicht an ihre Mutter, suchte Halt und Geborgenheit. Dann wieder ging sie wütend und angriffslustig wie ein verletztes Tier durch den Raum, schrie ihre Mutter an oder ignorierte sie. Die Mutter entschuldigte sich bei Lina und übernahm die Verantwortung für das Trauerverbot. Aber jetzt durften die Trauergefühle ausgelebt werden und das gemeinsame Weinen brachte eine Versöhnung. Danach gab es keine weiteren Ohnmachtsanfälle. Lina atmete entspannter, sie musste ihre Gefühle nicht mehr wegsperren, indem sie flach atmete. Zuvor hatte sie verinnerlicht: Wenn ich flach atme, spüre ich meine Gefühle nicht so stark, dann schmerzt die Erfahrung weniger.

Die Geschichte von Lina zeigt, welche Auswirkungen ein Nicht-ausleben-Dürfen von Trauer und ein Verbot von Gefühlen haben können. Kinder passen sich an, auch wenn sie sich damit schaden, nur um Erwachsene – besonders die eigenen Eltern – zu schützen und deren Traurigkeit zu lindern. Aber unterdrückte Gefühle machen Kinder krank.

Kinderseelen sind verletzlich. Wenn Erwachsene so belastet sind, dass sie Kinder nicht trösten oder deren Gefühle nicht aushalten können, dann ist Hilfe von der erweiterten Familie, von Freunden oder professioneller Seite notwendig.

## Kinder trauern anders als Erwachsene

Trauernde Kinder benötigen einen sicheren Platz zum Trauern. Ebenso wichtig sind Erwachsene, die verlässlich da sind und einfach zuhören, die Kinder in den Arm nehmen und keine Anforderungen an ein richtiges Trauern des Kindes stellen. Kinder trauern anders als Erwachsene. Körperlich und psychisch halten sie es gar nicht aus, durchgehend zu weinen, zu trauern und diese Schwere zu tragen. Sie wechseln ihre Gefühle schnell, je nach Situation: von großer Verzweiflung, Wut, Traurigkeit hin zum Lachen, zum Spielen und plötzlich erneut zum Weinen, oder sie suchen Rückzug und wirken teilnahmslos. Das Weinen kann auch schon durch ein einfaches Nein in Sachen Fernsehen ausgelöst werden. Das ist kindlich und angemessen. Denn Gefühle liegen so nah beieinander, dass bestimmte Worte eine assoziative Wirkung haben.

## Verborgene Trauer

Die vierzehnjährige Kerstin ist eine freundliche Jugendliche. Als sie dreizehn Jahre alt war, ist ihre Mutter nach langer Krankheit verstorben. Kerstin war sehr traurig und verzweifelt, aber ihre Mutter hatte ihr gesagt, dass sie nicht weinen soll, da sie ansonsten im Himmel auch traurig sein würde, und das wolle Kerstin doch nicht. Zwei Wochen nach dem Tod der Mutter ging Kerstin wieder zur Schule, schrieb gute Zensuren und ging ihren Hobbys nach. Der Vater erzählte, wie froh er war, dass seine Tochter den Tod der Mutter so gut verarbeitet hat. Sie hätten nie wieder über die Mutter gesprochen, was er extra vermieden habe, um Kerstin nicht zu belasten.

Ein Jahr nach dem Tod der Mutter änderte sich alles. In der Schule kam es zu folgender Situation: Kerstin nahm wie immer am Unterricht teil, hatte dort gute Freundinnen und war eine ausgezeichnete Schülerin. Eines Tages ging es im Religionsunterricht um soziale Gefüge, besonders um das Thema Familie. Als ihre Freundin Frauke von ihrer Familie und ihrer Mutter erzählte, brach Kerstin in Tränen aus, verließ den Klassenraum und war untröstlich. Die Lehrerin konnte nicht verstehen, woher die plötzliche Traurigkeit kam,

*»Kein Kaiser hat dem Herzen vorzuschreiben.«*

Friedrich Schiller

und sagte zu ihr, es sei doch schon ein Jahr her, seit Kerstins Mutter gestorben sei, sie solle bitte wieder am Unterricht teilnehmen. Aber Kerstin assoziierte das Wort »Mutter/Mama« mit dem Verlust der Mutter, sodass Trauergefühle, Schmerz und Gefühle der Einsamkeit unbewusst aktiviert wurden. Die unterdrückte Trauer bahnte sich endlich ihren Weg.

Solche Situationen höre ich als Kinder- und Jugendlichen-Psychotherapeutin häufiger: Erwachsene meinen, nach einer gewissen Zeit müsse es doch mal »gut sein« mit dem Erlebten, und sprechen Kindern das Recht auf Trauer ab. Viele Erwachsene haben Angst vor diesen Gefühlen, da sie nie gelernt haben zu trösten, zu begleiten oder einfach nur auszuhalten. Oft wird Kindern erst nach Monaten das ganze Ausmaß des Verlustes bewusst und sie beginnen zu trauern. Deshalb brauchen Kinder über einen langen Zeitraum Trost in Form von Begleitung und Nähe, und sie benötigen vor allem das Verständnis der Erwachsenen. Werden Trauergefühle plötzlich ausgelöst durch bestimmte Situationen, Handlungen, Worte oder Gerüche, dann ist das gut so!

Ein trauerndes Kind ist sehr empfindsam. Manche Kinder trauern zu Beginn des Verlustes kaum, da sie spüren, dass ihre Eltern es nicht aushalten können. Manchmal setzen die Gefühle des Verlustes erst später ein. Einige Kinder beginnen erst nach einem Jahr verstärkt ihre Trauergefühle zu zeigen. Jedes Kind und jeder Erwachsene trauert unterschiedlich. Der Ausdruck der Gefühle korreliert nicht mit dem inneren Schmerz des Verlustes. Wie schmerzhaft der Verlust ist, zeigt sich nicht an der Menge der Tränen.

Um einen Verlust zu akzeptieren und zu verarbeiten, brauchen trauernde Kinder, manchmal Jahre. Trauer dauert oft länger und ihr Ausdruck ist vielfältiger als allgemein angenommen, schreibt Hansjörg Znoj und weist darauf hin, dass dieser Zustand nicht konstant ist, wie oft angenommen wird: »Trauer gleicht vielfach einem gefühlsmäßigen Karussell oder einer Achterbahn. Versuche die Gefühle zu unterdrücken oder Kindern die Gefühle zu verwehren führen meist zu langfristigen Problemen, bis hin zu Krankheit.«

## Emotionales Karussell

Nach Znoj kann »das Vermeiden von Situationen, die Erinnerungen und emotionale Irritation auslösen, im Moment sehr entlastend sein. Wir wissen aber nie genau, ob bei späteren Begegnungen diese Gefühle sich mit gleicher – das heißt überwältigender – Intensität wieder einstellen.« Das verunsichert viele Kinder und Jugendliche, und es geschieht Ähnliches wie in Kerstins Situation. Das Vermeiden, Unterdrücken oder gar Verbieten von Gefühlen – hier der Trauer mit ihren vielen unterschiedlichen Gesichtern wie Einsamkeit, Schmerz, Angst, Hilflosigkeit oder Schuld – kann Kinder krank werden lassen. Sie brauchen verlässliche Erwachsene und die Erlaubnis für Trauergefühle. Trösten heißt nicht, ein Kind davon abzuhalten, dass es weint oder wütend ist, sondern das Kind durch die Trauer zu begleiten – es in den Arm zu nehmen, da zu sein, auch wenn es weint oder wütend ist, die Gefühle des Kindes aushalten zu können und nicht gleich verändern zu wollen.

Kerstin kam zu einigen Therapiestunden. Für sie war es ein großer Trost, dass sie Bilder von ihrer Mama mitbringen durfte, sie gestaltete eine Kerze für das Grab der Mutter und erzählte mir von ihrer Mama, ihren Ängsten und dem Verbot zu trauern. In der Stunde traute sie sich nach und nach zu weinen und entwickelte Wut, weil sie sich von der Mama im Stich gelassen fühlte. Trost und Begleitung bestanden darin, ihr die Erlaubnis zu geben, dass jedes Gefühl seine Berechtigung hat. Durch Worte, Zeit, Zuhören und unterstützende Blicke erhielt sie Halt und Wärme. Zum Abschluss der Therapie wollte sie ihrer Mama einen Brief schreiben. Sie berichtete ihrer verstorbenen Mutter, wie gut es ihr getan hat, ganz viel zu weinen, und sie hofft, dass sie im Himmel trotzdem glücklich ist.

## Kuschelobjekte zum Trauern

Ein Kuscheltier gibt die Möglichkeit, etwas, das nicht greifbar ist, berührbar und somit begreiflich zu machen. Im Spiel, in der Fantasie oder in der Trostsituation hat das Kind die Möglichkeit, sein individuelles Erleben der Situation nachzustellen. So erfährt ein Kuscheltier viel Persönliches vom Kind. Ein Kuscheltier bewertet nicht, es lässt das Kind so sein, erzählen und fühlen, wie es will.

Mapapus sind Mama-Papa-Puppen. In meiner therapeutischen Arbeit habe ich erlebt, wie tröstend es für Kinder ist, ein Mapapu aus dem Lieblings-T-Shirt eines verstorbenen Familienmitglieds ganz für sich zu haben. Immer wieder erfahre ich von Kindern oder Jugendlichen, wie entscheidend es für sie ist, dass es Trost auch außerhalb von realen Personen geben kann. Denn im Kontakt mit realen Personen bekommen Babys, Kinder und Jugendliche auch die Emotionen des Gegenübers zu spüren. Für die Entwicklung des emotionalen Bereichs ist es zwar grundsätzlich wichtig, dass Kinder von nahestehenden Menschen Trost erfahren. Sind die Eltern oder andere Erwachsene aber zu sehr mit den eigenen Gefühlen überflutet, hat das Kind durch Kuscheltiere unabhängig und jederzeit Trost und Sicherheit zu empfinden. Der bekannte Stoff des T-Shirts und der vertraute Geruch des Elternteils oder verstorbenen Geschwisterkindes schaffen Geborgenheit und ein Schutzgefühl beim Kind. Es ersetzt keinen tröstenden und realen Erwachsenen, aber schafft Unterstützung und Erleichterung.

Ein Mapapu erleichtert es dem Kind, sich gefahrlos in die erlebte Situation einzufinden und diese nachzuspielen. Vor allem wenn das soziale Umfeld vor Unbeholfenheit, Trauer und Verunsicherung still oder aggressiv wird, findet mithilfe des Mapapu eine Kommunikation mit der verstorbenen Person statt. Das trauernde Kind findet beim Kuschelobjekt einen sicheren Hafen, um neue Kraft zu schöpfen. Bei diesem verlässlichen Freund, der zuhört, darf es weinen und fröhlich spielen. Und ein Kuscheltier kann überall mit hingenommen werden.

## Trost bei Trauer

Nach dem Tod eines Elternteils ist nichts mehr so, wie es einmal war. Die Erwachsenen reagieren anders als sonst, sind verunsichert. Im Bilderbuch *Für immer* von Kai Lüftner und Katja Gehrmann wird erzählt, welche unterschiedlichen Typen einem Jungen nach dem Tod seines Vaters begegnen. Es gibt die Grinser, die Flüsterer, die Sprachlosen.

Die meisten Erwachsenen reagieren beim Thema Tod mit Betroffenheit, Unsicherheit und oftmals Verdrängung. Diese Gefühle bezieht das hilfesuchende Kind auf sich. Hilflosigkeit, Angst, Schuld oder Verzweiflung sind für das Kind bedrohlich, und dennoch haben Erwachsene ein Recht auf ihre Gefühle. Deshalb ist es für Kinder so entscheidend, die Emotionen der Erwachsenen intensiv zu erleben. Erwachsene sollten aber erklären, dass ihre Gefühle mit dem Verlust und nicht mit dem Kind zu tun haben, und ihren Kindern immer wieder versichern, dass sie geliebt werden. Das hilft Kindern, diesen Halt anzunehmen.

Trost und Ehrlichkeit findet der kleine Held aus dem Bilderbuch *Für immer* bei seiner Mutter, die ihm sagt, dass es nie wieder so sein wird, wie es einmal war, dass es aber weitergehen wird. So erhält der Junge die Sicherheit »Wir werden es schaffen. Auch wenn es schwer wird, habe ich Vertrauen in die Zukunft« – eine entscheidende Botschaft für Kinder.

## Beerdigungen

Viele Erwachsene denken, Tränen müssen immer gleich getrocknet werden. Ihnen fällt es schwer, einfach nur da zu sein, betroffene Kinder in den Arm zu nehmen oder ihnen ohne Bewertung einfach nur zuzuhören. In welcher Art Eltern ihr Kind trösten, hat viel damit zu tun, wie sie mit ihren eigenen Gefühlen umgehen. Die Angst vor den Tränen des Kindes verweist oft auf eigene Hemmungen zu weinen.

Bei Beerdigungen geben Eltern ihren Kindern am besten Halt und Sicherheit, wenn sie ganz dicht bei ihnen sind und sich auch emotional auf sie einlassen. Kleine Kinder sollten das Recht haben, an der Beerdigung eines Elternteils, Geschwisterkindes oder eines Freundes dabei zu sein.



Eltern können für sich entscheiden, ob eine nahestehende Person nur für die Begleitung des Kindes dabei ist. Wenn sie selber mit ihren Gefühlen zu sehr belastet sind, brauchen sie Unterstützung. Kinder wollen gerne mit einbezogen werden bei den Vorbereitungen zur Beerdigung, manchmal wollen sie sich auch später damit beschäftigen.

Torge war froh, so erzählte er mir, dass er das Urnengrab für seinen verstorbenen Vater ausheben durfte. Es tat ihm gut, seine Kraft zu spüren. Er war so wütend auf den Vater, er hatte ihn alleine zurückgelassen.

Franka war erleichtert, dass sie die Blumen für den Sargschmuck der Oma aussuchen durfte.

Wenn Kinder-Freunde sterben, ist es manchmal hilfreich, wenn die Kinder den Sarg bemalen dürfen und dabei im Gespräch und in der Gemeinschaft sind. Verbundenheit trägt durch die Trauer.

Tom durfte für die verstorbene Tante gemeinsam mit seinen Cousinen eine Kerze verzieren. Diese Kerze stand bei der Trauerfeier neben dem Sarg.

Aufgaben sind oft ein großer Trost für Kinder und Erwachsene, etwas für den Verstorbenen getan zu haben hilft in der Trauer. All das und vieles mehr kann es Kindern erleichtern, das Unfassbare zu verstehen.

## Die Oma im Schrank

Meine Tochter war noch keine zwei Jahre alt, als ich ihr sagte, dass ihre Oma gestorben ist. Sechs Wochen hatten wir sie täglich im Krankenhaus besucht. Ich hielt meine Tochter im Arm und sagte:

»Oma ist gestorben, sie ist tot.«

»Wo Oma ist …, wann Oma wiederkommt?« Meine Tochter ist ganz aufgeregt.

## Wie sage ich es meinem Kind?

Kinder können auf das Thema Tod vorbereitet werden, indem wir bewusst und mit offenen Augen durch die Welt gehen: Kinder stellen Fragen, wenn eine tote Fliege auf dem Boden liegt, der Fisch tot im Wasser schwimmt oder ein toter Vogel auf dem Rasen entdeckt wird. Diese Fragen ehrlich und mit kindgerechten Worten zu beantworten ist eine gute Voraussetzung. So ergeben sich gute Gespräche, in denen Erwachsene der kindlichen Fantasie begegnen und erfahren, was Kinder über den Tod denken oder bereits wissen.

Kinder vor diesem Thema zu schützen ist unmöglich, denn der Tod gehört genauso zum Leben wie Traurigkeit und Fröhlichkeit. Wenn Eltern die Fragen ihrer Kinder nicht beantworten, weil sie meinen, kleine Kinder müssten sich nicht mit dem Tod befassen, bekommt das Thema Tod für Kinder etwas ganz Bedrohliches.

Bei Abschieden jeglicher Art brauchen Kinder ehrliche, wahrheitsgemäße, altersangemessene und kurze Antworten bzw. Informationen. Mit ihrer Reaktion zeigen sie, ob ihnen das Gesagte ausreicht. Entweder fragen sie nach oder sie sprechen plötzlich über etwas ganz anderes oder wollen spielen oder sich verabreden. Dass der Tod unumkehrbar ist, lernen sie anhand von verstorbenen Haustieren oder anderen toten Tieren, die sie beim Spielen entdecken. Redewendungen wie »Er/Sie ist eingeschlafen« verwirren Kinder nur. Nicht selten haben sie danach selbst Angst einzuschlafen, weil sie etwas Schlimmes befürchten. Oder sie entwickeln Angst vor Abschieden, wenn ihnen zuvor mitgeteilt wurde, der Tote sei »auf eine lange Reise gegangen«.

»Oma kommt nicht wieder.« Dann schauen wir zusammen ein Bilderbuch zum Thema Tod an.

»Komm Mama, Oma besuchen.«

»Nein, das geht nicht. Oma ist nicht mehr im Krankenhaus, sie ist gestorben und wir können sie nicht mehr sehen oder besuchen. Sie ist tot.«

Eine Woche später war die Beerdigung. Nachmittags ging ich mit der Kleinen zum Grab. Nun konnte ich ihr zeigen, wo Oma ist. Meine Tochter war ganz entspannt, lachte und sagte: »Morgen besuchen wir Oma wieder.«

Bei der Trauerfeier saß meine achtjährige Nichte neben mir, sie weinte ganz herzzerreißend. Ich durfte sie trösten und in den Arm nehmen. Plötzlich wischte sie ihre Tränen ab, schaute mich an und fragte: »Gundula, ich glaube, der Sarg ist zu klein für Oma. Weißt du, wie sie da reingepasst hat?«

## Den Tod leichtnehmen

Als ich 17 Jahre alt war, starb mein Lieblingsopa im Alter von 87 Jahren. Ich fand die Trauerfeier langweilig und verstand die weinenden Erwachsenen überhaupt nicht. Mein Opa hatte sich doch verabschiedet und alles gesagt. Er wollte sterben. In meiner Wahrnehmung als Jugendliche war es eher komisch, die Gefühle der Erwachsenen zu beobachten. Zu Hause stellte ich gleich Musik an und war fröhlich. Die Familie war irritiert und wollte wissen, ob al-

»*Trösten ist eine Kunst des Herzens. Sie besteht darin, liebevoll zu schweigen und schweigend mitzuleiden.*«

Otto von Leixner

les o.k. sei mit mir. Ich verstand die Frage gar nicht. Meine Tante kam und meinte, es würde sich nicht gehören, an so einem Tag fröhliche Musik zu hören, ob ich nicht traurig wäre. Ich verstand die ganze Aufregung nicht, schließlich war es die Lieblingsmusik meines Opas, deshalb hatte ich sie doch angestellt. Ich blieb verunsichert und mit einem schlechten Gewissen zurück, aber in meinem Herzen wusste ich, dass mein Opa mich darin bestärkt hätte. Das gab mir Trost.

Es sind nicht immer die eigenen Eltern, die Kindern wichtige Einstellungen und entscheidende Sätze mitgeben. Es war mein Opa, der mir beigebracht hatte, dass Leben und Tod zusammengehören und dass über den Tod gesprochen werden darf. Gerne schaute ich mir bei ihm die Fotos von meiner aufgebahrten Oma an. Die Bilder lagen in einem schönen alten Schrank, ganz oben in dem Fach, welches für Gläser vorgesehen war. Das war aufregend. Als sie starb, war ich erst zwei Jahre alt gewesen. Auf meine immer gleichen Fragen bekam ich Antworten. So gab es immer einen Bezug zu ihr, ich hatte das Gefühl, sie zu kennen, und lernte von meinem Opa, dass Tote nicht vergessen werden.

In diesen Beispielen – und es gibt unzählige andere – wird deutlich, wie unterschiedlich mit Trauer in jedem Alter umgegangen wird. Alle diese Kinder haben eines gemeinsam: Sie setzten sich mit dem Tod auseinander und fanden verständnisvolle Erwachsene an ihrer Seite.

## Pelle in Not

Der kleine siebenjährige Pelle kam mit seinen Eltern zu mir, weil er seit dem Tod seines Opas unkonzentriert in der Schule war und extreme Ängste zeigte, wenn seine Mutter das Haus verließ. Einschlafen konnte Pelle nur noch im Bett seiner Eltern. Pelle war ganz verunsichert und seine Verlustangst machte seine Eltern nachdenklich und besorgt. In den Therapiestunden erfuhr ich, dass der Opa eingeäschert worden war und Pelle an der Trauerfeier nicht dabei sein durfte. Seine Eltern hatten entschieden, dass er allein zu Hause bleiben sollte, und stellten ihm einen Kinderfilm an. Besonders die Mutter wollte Pelle die Trauerfeier und die Tränen der Erwachsenen nicht zumuten.

Aber Pelle hielt es so ganz allein zu Hause nicht aus, er wollte doch sehen, wo sein Opa ist. Also ging er zum Friedhof, der nur einige hundert Meter von der Wohnung entfernt lag, stellte sich hinter ein Fenster der Kirche und erschrak. Er sah keinen Sarg, so wie er es aus dem Buch *Hat Opa einen Anzug an?* kannte, sondern entdeckte nur eine verschlossene Blumenvase. Schnell eilte er nach Hause, um nicht erwischt zu werden.

Von diesem Ereignis erzählte er mir das erste Mal. Die Begleitung für Pelle von meiner Seite war es, ihn ernst zu nehmen mit seinen Gedanken, Beobachtungen und mit seiner Fantasie. Und ihm inhaltlich eine Urnenbestattung zu erklären und begreiflich zu machen. Mit seiner Erlaubnis erzählte ich den Eltern davon, sodass sie Pelle zu Hause trösten, begleiten und ihm einfach zuhören konn-

## Rituale, die trösten

- Gemeinsam mit dem Kind eine Kerze für das Grab oder die Trauerfeier verzieren. Kinder wollen etwas tun und dabei die Nähe des Erwachsenen spüren. Dabei entsteht Raum für Gefühle, Erinnerungen und tröstende Gespräche.
- Dem Kind ein Tagebuch und schöne Stifte schenken. So kann es seine Gedanken, Gefühle oder Ängste dem Tagebuch anvertrauen.
- Dem Kind die Möglichkeit geben, einen Brief an die verstorbene Person zu schreiben oder ein Bild zu malen. Beides kann beim Verabschieden dem Sarg oder Grab beigegeben werden.
- Einen Erzählstein aussuchen. Wenn das Kind oder die Eltern über den Verstorbenen sprechen möchten, wird der Stein hingelegt. Kinder trauen sich manchmal nicht, von sich aus zu erzählen, weil sie die Erwachsenen nicht belasten wollen.
- Einen Erinnerungstag festlegen und ein gemeinsames Ritual schaffen.

ten. Pelle durfte in den Stunden Urnen ausschneiden, welche ich ausgedruckt hatte. Für den Opa suchte er eine besondere Urne aus, die er bemalte, dann spielten wir zusammen Beerdigung mit Playmobil-Figuren, immer wieder in abgewandelter Form. Da in der Praxis auch ein kleiner Spielzeugsarg steht, spielte Pelle auch eine Beerdigung, in der sein Opa (als Playmobil-Figur) im Sarg liegt, er dort hingeht und sich verabschiedet, den Sarg schließt und in der Sandkiste vergräbt. Dann bastelte er einen Grabstein, den er liebevoll gestaltete. Nach und nach wurde dieses Spiel von ihm abgewandelt, wobei das Thema Beerdigung immer mehr in den Hintergrund rückte.

Kinder mit Erklärungen oder Ablenkung zu trösten ist nicht möglich. Sie brauchen Zuspruch und Beistand. Erwachsene sollten präsent sein und dem Kind damit Verlässlichkeit, Nähe und Sicherheit geben. Kinder dürfen immer wieder auf den Verlust angesprochen werden, denn nur so erhalten sie die Chance, ihren Gefühlen Ausdruck zu verleihen. Die Grenzen des Kindes sind dabei unbedingt zu achten. Wenn ein Kind in solchen Gesprächen zu weinen beginnt, müssen sich Eltern nicht schuldig fühlen. Es ist nur wichtig, dass sie bei ihm bleiben und es nicht mit seinen Tränen allein lassen.

Trauer schärft die Sinne

Beistand heißt, die Gefühle des Kindes ernst zu nehmen. Nach und nach versteht das Kind, dass der Tod unumkehrbar ist. Informationen darüber, wo, wann, weshalb und warum es passiert ist, benötigt es ganz dringend. Kindern sollte immer in altersangemessener Form die Wahrheit gesagt werden, ansonsten verlieren sie schnell das Vertrauen in Erwachsene. Denn Kinder spüren genau, wenn ihnen etwas vorgemacht wird. Sie lesen in unseren Gesichtern, in unserer Körperhaltung und in der Art unseres Sprechens. Trauer schärft die Sinne.

*»Die Hoffnung ist wie ein Sonnenstrahl, der in ein trauriges Herz drängt. Öffne es weit und lass sie hinein.«*

Friedrich Hebbel

## Papa weint ohne Tränen

Der Bruder des neunjährigen Elias ist bei einem Verkehrsunfall gestorben. Im Gespräch mit mir wird er plötzlich ganz ernst. »Zu Hause ist jetzt alles anders«, erzählt er mir. Ich frage, was denn anders geworden sei.

»Mama weint jeden Tag und Papa auch. Ich gehe in mein Zimmer, denn ich mag die Tränen nicht immer sehen.«

»Du meinst, weil beide jeden Tag weinen.«

»Nein! Die weinen viele Male am Tag, weißt du, Mama so mit richtigen Tränen und Papa weint ohne Tränen. Ich stelle fest, Papa weint ohne Tränen, ja, so wie ich. Alle denken, ich bin nicht traurig.«

»Was denkst du?«

»Ich bin gar nicht mehr wichtig. Die wollen nur meinen Bruder haben. Die gucken immer Bilder von ihm an.«

»Was wünschst du dir von deiner Mama und deinem Papa?«

»Dass sie mal mit mir lachen und ein Spiel spielen.

## Versteckte oder komplizierte Trauer

Kindliche Trauergefühle werden oft überlagert von Angst, körperlichen Beschwerden oder Schmerzen. Der Körper ist durch die Trauer in einen Alarmzustand versetzt worden, der stagniert, solange die Trauer unverarbeitet bleibt. Ein Körper in Alarmbereitschaft regelt seine Funktionen herunter, um weniger zu spüren; das hilft eine Zeitlang, den Schmerz auszuhalten, schädigt aber dauerhaft Körper und Psyche des Kindes. Einige Kinder zeigen Bauchschmerzen, Kopfweh oder andere körperliche Beschwerden.

Rückzug oder Hektik

Was Hansjörg Znoj über trauernde Erwachsene schreibt, trifft auch auf trauernde Kinder und Jugendliche zu: Oft ziehen sie sich zurück und vermeiden das Zusammentreffen mit Gleichaltrigen. Ebenso vermeiden sie Situationen, die ihre Trauer berühren könnten, denn sie wollen ihre Gefühle nicht zeigen. Manche Kinder mit einer versteckten oder komplizierten Trauerreaktion werden im Alltag ganz hektisch oder unkonzentriert.

All die beschriebenen Symptome sind in der Zeit der Trauerannahme und -verarbeitung auch über ein Jahr angemessen. Erst die Intensivierung solcher Gefühle und Gedanken, denen die Kinder schließlich ausgeliefert sind, ist Anzeichen einer versteckten oder komplizierten Trauer.

## Wann verstehen Kinder den Tod?

Ein Kind von zwei Jahren hat eine Vorstellung davon, was ein Verlust bedeutet, und es leidet darunter. Verstandesmäßig kann es den Tod und seine Tragweite aber noch nicht erfassen. Erwachsene sollten auf die Gefühle der Kinder reagieren, genaue Erklärungen kann ein Kind dagegen kaum verarbeiten. Kleine Kinder sind geprägt von primären Eindrücken. Sie brauchen Trost durch Berührung und Beistand, denn ihre kleine Seele spürt die Veränderung, die Verunsicherung.

Kinder von drei oder vier Jahren sehen den Tod eher als etwas Vorübergehendes. Oft kennen sie das Thema Sterben bereits aus Bilderbüchern. Oder sie haben schon erlebt, dass eine Pflanze oder ein Tier tot ist.

Kinder von vier bis sechs Jahren interessieren sich sehr für biologische Fakten. Eltern sollten ihnen Antworten geben und die Kinder fragen, welche Vorstellung sie von Sterben und Tod haben. Eine solche Offenheit begleitet, unterstützt und tröstet.

Im Alter von sechs bis zehn Jahren interessieren sich Kinder nicht nur für den Tod, die Beerdigung und andere Äußerlichkeiten, sondern setzen sich auch sehr mit dem Danach auseinander.

Quelle: *Helft Kindern den Tod zu begreifen*. Dieses Heft gibt Eltern viele gute weiterführende Informationen.

# EINFACH TRÖSTEN

Um ein Kind zu trösten, braucht es **Vertrauen und echte Anteilnahme**. Ist diese Brücke gebaut, führen viele Wege aus der Traurigkeit heraus.

## Gefühle sind veränderbar

Ein freundliches Lächeln, ein wärmender Blick kann Halt vermitteln, sodass die Welt gleich wieder viel freundlicher aussieht. Trost und Begleitung sind wie eine »rosarote Brille«, die wir brauchen, um nicht nur die Schwere zu fühlen. Die Situation bleibt gleich, nur der Blick verändert sich. So entstehen Anerkennung, Ermutigung und Zuversicht. Denn ständiges Bedrücktsein und Nörgeln sorgen auch bei Kindern für Angst und Schwere. Dies erweckt körperliche Verunsicherung und führt in der Folge zu Unzufriedenheit, Depressionen, Hyperaktivität und weiteren Symptomen. Es ist so hilfreich, wenn Erwachsene verstärkt die Gefühle der Kinder ernst nehmen und ihre kindlichen Sorgen verstehen und durch Zuversicht helfen, diese zu verändern.

### Körper und Seele in Bewegung

Gefühle sind veränderbar durch Bewegung und durch Toben. Denn körperliche und emotionale Bewegung gehören eng zusammen. Wenn Kinder sich wenig körperlich bewegen, wirkt sich das auch auf die Entwicklung der emotionalen Intelligenz aus. Je früher Kinder diesen Mangel erleben, desto stärker fehlen ihnen die Voraussetzungen für eine gesunde psychische Entwicklung. Kinder sind sehr auf ihre Bezugspersonen angewiesen und von ihnen abhängig. Das Positive daran ist, dass Eltern wirklich eine Chance haben, ihrem Kind positive Voraussetzungen zu schaffen, um sich emotional frei zu entfalten. Entscheidend ist nicht die Befriedigung der eigenen Bedürfnisse, was das Kind können soll, sondern das Erfahren der kindlichen Bedürfnisse durch Beobachtung und Zuhören.

Je älter ein Kind ist, desto weniger müssen alle Wünsche erfüllt oder alle Unannehmlichkeiten aus der Welt geschafft werden. Die Gefühle des Kindes müssen ernst genommen werden, dadurch entsteht eigene Stärke beim Kind.

Trost ist die Erfahrung, dass Gefühle veränderbar sind. Kinder spüren das, wenn sie sich emotional beim Malen, Schreiben oder Musizieren ausdrücken können. So finden innerer Druck und Anspannung Wege nach außen. Für Kinder und Jugendliche ist es besonders angenehm, wenn ihre Werke nicht bewertet werden, sondern einfach so sein dürfen, wie sie es sich wünschen oder ihre Gefühlslage es hergibt. Kinder, die ganz bedrückt oder traurig wirken, freuen sich über tolle Stifte und einen schönen Malblock, um sich mit ihren Eltern zusammen ganz in Ruhe auf dem Papier auszudrücken. Manche Kinder mögen auch lieber ein Mandala ausmalen, so spüren sie mehr Struktur. Beim gemeinsamen Malen entstehen Ruhe und ein Gefühl von Zugehörigkeit. Kinder können diese Erfahrung später als eigene Bewältigungsstrategie nutzen.

## Trost muss akzeptiert werden

Das Bilderbuch *Heule Eule* erzählt von einer kleinen weinenden Eule, die durch keine Worte und Ablenkungen der Tiere im Wald zu trösten ist. Auch das Angebot von Essen und andere Versprechungen helfen nichts. Ein anderes Tier versucht es mit Strenge und Drohungen, aber auch das gibt keinerlei Trost. Der Vorschlag zu schaukeln nutzt genauso wenig wie ein Schlaflied. Die kleine Eule bleibt untröstlich. Alles ist von den Tieren so gut gemeint, aber die kleine Eule reagiert erst, als ihre Mama herbeiflattert und sie umarmt. Jetzt hört sie auf zu weinen. Warum sie geweint hat, kann sie nicht sagen, als die Mutter sie umarmt. Die kleine Eule schnieft, denkt nach und piepst dann nur leise.

## Feinfühlige Erwachsene

Die Ursache eines Gefühls herauszufinden ist weniger wichtig als dass es vertraute und feinfühlige Menschen gibt, die trösten dürfen und Liebe und Sicherheit geben können. Meist sind es die Eltern oder andere erwachsene Bezugspersonen, die bisher feinfühlig im Kontakt mit dem Kind waren und deshalb als Anker akzeptiert werden. Auch wenn alle anderen Tiere liebevoll und zugewandt sind, braucht die kleine Eule mehr. Erst bei der Eulen-Mutter fühlt sie sich ganz sicher.

Trösten beinhaltet aber auch das Berühren, das gemeinsame Sprechen, das schlichte Zuhören, auch wenn zum zehnten Mal das Gleiche erzählt wird – immer noch wertschätzend und mit emotionaler Wärme.

Jedes Kind braucht eine andere Art der Unterstützung und des Trostes und einen anderen Zeitpunkt. Eltern sollten sich nicht zu schnell entmutigen lassen und geduldig unterschiedliche Trostangebote machen. Manche Kinder brauchen nur einen Zuhörer, andere eine Umarmung und wieder andere einen handlungsorientierten Erwachsenen.

Trösten bedeutet auch, die Grundbedürfnisse eines Kindes zu stillen. Denn oft wirkt ein Kind untröstlich, aber das einfachste Bedürfnis des Kindes wird nicht erkannt. Allen Erwachsenen geht es so, da sie viel zu kompliziert denken und das Naheliegende oftmals übersehen. Das Stillen von Grundbedürfnissen gilt bei Babys, Kindern und Jugendlichen gleichermaßen. Müdigkeit braucht Schlaf, Hunger braucht Nahrung, Sehnsucht braucht Sicherheit und Geborgenheit …

## Humor hilft

Kaum jemand kann sich dem Zauber entziehen, wenn ein lächelndes Baby auf unser Lächeln »antwortet«: Das Kind übernimmt unseren Gesichtsausdruck und fordert uns auf, es zu erwidern und mit ihm Zeit zu verbringen. Solche Lächeldialoge finden schon ganz früh im Leben des Neugeborenen statt, das schnell lernt, mit Affekten zu spielen. Bis zum Alter von sechs Monaten finden bis zu 30.000 solcher Lächelbegegnungen statt. Die Spiegelneuronen ermöglichen es dem Kind, die Gefühle der Eltern wahrzunehmen und einzuordnen.

Zuerst schenken Babys uns ihr Vorlächeln, auch Reflexlächeln genannt, das durch ein Streicheln des Babygesichtes ausgelöst oder durch die Spiegelneuronen aktiviert werden kann. Nach und nach wird aus der Affektansteckung des Lächelns ein Wissen des Kindes und es erfährt durch das wechselseitige Lächeln oder Lachen »Schön, dass es dich gibt«. Laut Eckhard Schiffer ist dies die Quelle für Urvertrauen und Eigen-Sinn.

## Lächeldialoge

Durch Lächeldialoge festigt sich beim Säugling das Urvertrauen. Dieses Urvertrauen, die sichere Eltern-Kind-Bindung, oder wie ich es gerne nenne: die Wurzeln der Kindheit, sind die Voraussetzung dafür, dass Babys, Kinder und Jugendliche sich von ihren Eltern oder Bezugspersonen begleiten und trösten lassen.

Kinder lassen sich schon als Babys auf den Humor der Eltern ein. Sie haben aber auch einen eigenen Humor und lachen über Dinge, über die wir nicht (mehr) lachen können. Es ist großartig, sich davon anstecken zu lassen, denn Lachen löst in uns und dem Kind Anspannung und kann bei schmerzlichen Gefühlen helfen, diese

## Schnuller als Trostspender

Marcella Barth und Ursula Markus schreiben in ihrem Buch *Alles über Körpersprache der Kinder*: »Daumen und Schuller sind wie ein guter Freund, der nie etwas verlangt und immer zur Verfügung steht.« Andere sehen Schnuller als Seelentröster kritischer. Die Häufigkeit und Art des Einsatzes von Schnullern ist sicherlich von Bedeutung. In der Stadt, im Café, beim Einkaufen, überall sieht man Babys, die weinen oder schreien und als Antwort einen Schnuller erhalten. Die Frage, welches Bedürfnis das Baby wirklich hat, wird dabei oftmals ignoriert. Das Baby schreit meist, weil es Nähe sucht, auf den Arm genommen werden möchte oder weil es Hunger hat. Ich würde mir wünschen, dass als Trost zuerst einmal Kontakt zum Kind aufgenommen wird mit der Frage: »Was fehlt dir denn?«, oder nonverbal, indem wir das Kind berühren und streicheln. Der Schnuller ist ein Ersatzobjekt und sollte es bleiben, er darf nicht den liebevollen Kontakt von Eltern, Babys und Kindern verringern.
Je jünger das Kind ist, desto mehr Hautkontakt, liebevolle Versorgung mit Stimme und Worten benötigt das Baby oder Kleinkind ganz direkt von seinen Bezugspersonen.

auszuhalten. Denken wir nur an den Clown im Krankenhaus, der auf den Kinderstationen so viel Leichtigkeit bewirkt und damit zum Heilungsprozess beiträgt. Humor nimmt die Schwere aus unserem Leben.

Wer lacht, sieht die Welt leichter, Lachen ist Trost. Lachen steckt an und erlaubt dem Gehirn eine Auszeit von den schmerzlichen Gefühlen.

## Rituale, die trösten

Rituale gehören zum Alltag. Ohne dass wir es merken, geben sie uns Sicherheit und Orientierung. Für das Leben von Kindern gilt das ganz besonders. Zu singen und dabei zu lachen und Nähe zu erleben, ein Bilderbuch anzusehen oder vorzulesen, Kinder geborgen zu halten oder zu tragen oder schön eingekuschelt im Bett »Gute Nacht« zu sagen, das Kopfkissen als Zipfelmütze – Rituale entspannen Kinder, da sie nicht um gemeinsame Zeit mit Mama oder Papa kämpfen müssen, sondern die Gewissheit haben, dass diese Zeit während des Rituals sicher gegeben ist.

So kann zum Beispiel ein Gutenachtritual dabei helfen, die verschiedenen positiven und negativen Eindrücke des Tages zu verarbeiten. Eine Streichelmassage am Abend vermittelt dem Kind Halt und Wärme. Ein warmes Getränk am Abend oder ein wohlduftendes Bad oder Fußbad kann Kinder in eine entspannte und herzöffnende Situation versetzen.

Trennungskinder stärkt auch ein gemeinsames Ritual nach dem Besuchswochenende: gemeinsam Abendbrot essen am liebevoll gedeckten Tisch und erzählen, zusammen einen Film ansehen und das Kind im Arm halten und streicheln. Am besten ist es, mit dem Kind zusammen ein entsprechendes Ritual zu entwickeln, damit es dem Bedürfnis und Alter des Kindes auch wirklich angemessen ist.

## Atmosphäre schaffen

- bunte Farben, angenehmer Geruch
- Zuneigung, grenzachtender Körperkontakt und Geborgenheit
- Sicherheit und angemessener Schutz
- leckeres Essen, ausreichendes Trinken
- Aufmerksamkeit für jedes einzelne Kind
- Zuhören und Blickkontakt halten
- frische Luft
- ausreichend Bewegung, Toben
- Spaß und Lachen
- Sorgen und Probleme ernst nehmen
- Kindern Orientierungspunkte im Tagesablauf geben
- Zeit nehmen, Verlangsamung

## Kuscheltiere als Tröster

Dörte ist mit ihrer zweijährigen Tochter Rike in der Stadt zum Einkaufen unterwegs. Beide haben Spaß. Rike ist begeistert, dass sie Tomaten und Gurken einpacken darf. Aber als die beiden nach Hause kommen, vermisst Rike ihren kleinen Kuschelteddy Rio. Er musste dringend mit in die Stadt, darauf hatte Rike bestanden. Sie beginnt zu weinen und zu schreien. Rio ist nicht da. Der Verlust ist so schmerzlich, dass Rike gar nicht aufhören kann zu weinen. Dörte nimmt Rike auf den Schoß, streichelt sie und hält die Tränen aus. Rike schluchzt und ist untröstlich. Ihre Mama hält sie weiter im Arm und streichelt Rikes Kopf und Rücken. Zuerst wird das Weinen noch heftiger, aber dann wird ihr Körper weicher. Die Kleine entspannt sich.

Am liebsten hätte Dörte gesagt: »Ist doch nicht so schlimm. Du hast ja noch mehr Kuscheltiere.« Eine andere Möglichkeit wäre, dass sich Rike im Spielzeuggeschäft einen neuen Teddy aussucht.

Tief im Inneren wusste Dörte aber, dass das kein wirklicher Trost wäre. Also bleibt sie weiter mit Rike auf dem Schoß sitzen und hält den Schmerz der Kleinen einfach aus.

Kuscheltiere sind wichtige Begleiter der Kindheit und viele Kinder verlieren den Mut, wenn dieser Begleiter nicht dabei ist. Donald Winnicott spricht von einem »Übergangsobjekt«, das Kindern Halt und Sicherheit gibt, wenn die Eltern nicht verfügbar sind. Nach Winnicott ist das Übergangsobjekt die Verbindung zwischen der inneren und der äußeren Welt des Kindes. Es kann ein Kuscheltier sein, aber auch ein für uns unbedeutendes Spielzeug, ein Gegenstand oder Kleidungsstück. Für viele Kinder sind solche Objekte echte Seelentröster und Sicherheitsgeber, dem jedes Kind etwas ganz Eigenes gibt, einen bestimmten Geruch, Spuren des Benutzens oder Verzierungen. Die Dinge werden emotional intensiv besetzt. Viele Kinder lieben ihr Kuscheltier oder Kuscheltuch und geben es ungern aus der Hand. Es gibt jedoch auch Kinder, die nur reale Personen zum Trösten akzeptieren oder andere Strategien der Bewältigung entwickeln.

Plötzlich steht Rike auf und will ihren Teddy suchen gehen. Sie hat für sich eine Handlungsmöglichkeit entdeckt. In die Stadt zurückfahren können sie nicht, aber den Weg vom Bus zum Haus laufen sie ab. Rike ist ganz aufgeregt und voller Hoffnung, ihren Rio doch noch zu finden. Leider ohne Erfolg. Am Abend kann Rike nicht einschlafen und weint, ihre Mama nimmt sich ganz viel Zeit, tröstet und streichelt Rike, bis sie schläft. Am späten Abend klingelt es an

### Sucht als falscher Trost

Kinder brauchen Erwachsene, die sie trösten, sich Zeit nehmen und ihre Gefühle ernst nehmen. Ansonsten übernehmen Drogen und Alkohol irgendwann diese Aufgabe. Bei verinnerlichtem Trost und der Anerkennung der eigenen Persönlichkeit ist die Gefahr, in der Sucht einen Trost zu finden, deutlich geringer. Das vorgelebte Trostverhalten der Bezugspersonen spielt dabei eine entscheidende Rolle und beeinflusst Kinder und Jugendliche stark.

der Tür und das zwölfjährige Mädchen aus der Nachbarschaft hält den Kuschelteddy in der Hand. Dörte ist sehr erleichtert und legt ihn Rike gleich in den Arm.

## Trost in der Schule

Der achtjährige Jan mag sich seit längerer Zeit nicht mehr am Unterricht beteiligen. Er hat Angst, etwas Falsches zu sagen, seit er miterlebt hat, wie der Lehrer mit seinem besten Freund geschimpft hat, weil dieser eine einfache Aufgabe nicht lösen konnte. »Du bist einfach zu dumm für die 3. Klasse«, hat Jan verstanden und die entwertenden Gefühle auf sich selbst bezogen. Nun sagte er lieber nichts mehr. Es brauchte viel Einfühlungsvermögen der Eltern, um Jan zu trösten und zu erklären, dass die Aussage überhaupt nicht in Ordnung ist, nicht zutrifft und der Lehrer einen Fehler gemacht hat. Vielleicht war der Lehrer gerade verärgert. Viel Kuscheln, In-den-Arm-Nehmen und Blickkontakt halfen Jan, wieder gestärkt zur Schule zu gehen.

Auch das ist Trost: Die Verantwortung dem Lehrer zurückzugeben und nicht beim Kind zu lassen. Trost bedeutet nicht, in der Situation zu bleiben, den Lehrer abzuwerten oder gar die Gefühle von Jan nicht ernst zu nehmen und als unangemessen zu bewerten. Bei Trost geht es immer um die Veränderbarkeit der Gefühle und darum, dem Kind seine Handlungskompetenz zurückzugeben.

## Weitere Wege des Tröstens

Zu Themen, die schmerzliche Gefühle auslösen, gibt es viele eindrucksvolle Kinder- und Jugendbücher. Heranwachsende identifizieren sich gerne mit literarischen Helden. Sie fühlen mit, erleben und bekommen Ideen für eigene Bewältigungsstrategien. Gefühle, die in Büchern beschrieben oder dargestellt werden, zeigen dem Kind: »Gefühle dürfen sein. Anderen geht es auch so oder ähnlich wie mir.« So fühlen sich Kinder in ihrem Schmerz nicht mehr allein. Bilderbücher können gemeinsam angesehen werden und bieten gute Möglichkeiten, sich auszutauschen, die Gefühle des Kindes besser kennenzulernen und seine Ängste und Stärken zu erfahren. Für viele Kinder, gerade wenn sie Mama oder Papa nicht belasten wollen, ist es eine Hilfe, wenn Bilderbücher zu unterschiedlichsten Themen im Kinderzimmer im Regal stehen. Bücher sind treue Trostbegleiter. Einigen Büchern ist dieses dann auch anzusehen und das ist gut so.

Kinder, welche eine schmerzliche, belastende oder traumatische Erfahrung erleben, benötigen Erwachsene, die ihnen zuhören und mit denen sie über ihre Fantasien zu dem Ereignis sprechen dürfen, ohne dass der Erwachsene seine Sicht dem Kind aufdrängt oder

das Gesagte des Kindes bewertet. Je belastender das Ereignis war, desto häufiger erzählt das Kind das Gleiche und hat das Bedürfnis, immer wieder zu berichten und Fragen zu stellen. Das Kind erlebt, dass es mit seinem Schmerz nicht allein ist. Gute Impulse sind zum Beispiel »Wie geht es dir damit? Was war schlimm für dich?« oder »Du siehst so traurig aus! Ich erlebe und sehe, wie wütend du bist!«.

Kinder in den Arm nehmen, ihnen über den Kopf streicheln oder die Hand auf den Rücken legen – all das kann für manche Kinder Trost und Sicherheit bedeuten. Diese körperliche Nähe als Trost steht den ihnen vertrauten Personen zu, wobei die Grenzen des Kindes immer geachtet werden müssen. Wenn das Kind sich wohlfühlt, wird die körperliche Geborgenheit es emotional stärken. Viele Kinder mögen es, auf dem Schoß der vertrauten Person zu sitzen.

Für viele Kinder sind ihre Haustiere die wichtigsten Tröster. Haustiere geben meist viel Wärme, spüren genau das Befinden des Kindes und sind verlässliche nonverbale Begleiter. Kinder haben mir berichtet, dass sie ihrem Haustier alles erzählen können und dieses nichts weitersagen kann. Geheimnisse, Sorgen oder Schuldgefühle können dem Hund oder der Katze anvertraut werden. Wenn Kinder oder Jugendliche ihre Sorgen und Nöte erst einmal ausgesprochen haben, ist ihnen oft leichter ums Herz.

Bei kleinen Kindern hilft oftmals das Pusten bei einer Verletzung oder das schöne bunte Pflaster, welches liebevoll auf die verletzte Stelle geklebt wird. Kleine Kinder mögen auch Trostlieder oder Trostverse. Dabei ist die Wiederholung von Bedeutung.

Kinder können einander gut trösten. Das haben sie sich von den Erwachsenen abgeguckt. Bei Geschwistern sehen wir oft, dass das kleine Baby weint und die dreijährige Schwester es drückt oder streichelt und damit tröstet. In der Krippe oder im Kindergarten gibt es Kinder, die für andere Kinder da sind und diese bei emotionalem oder körperlichem Schmerz trösten, indem sie das Kind an die Hand nehmen, es streicheln oder mit ihm sprechen.

## Trost-Merkliste

- Kinder in den Arm nehmen und ihnen damit Halt geben, dadurch verlieren unangenehme oder belastende Erlebnisse ihren Schrecken. Berührung zeigt Kindern, dass sie nicht alleingelassen werden mit ihrem Schmerz.
- Nähe, Achtung und Respekt vor dem Geschehen und dem Kind, auch wenn es aus erwachsener Sicht banal wirkt. Kinder empfinden anders und fühlen den Moment.
- Gesprächsdialoge mit dem Kind oder Jugendlichen führen, um Sorge, Angst, Verletzung oder Beschämung zu verstehen, und nicht durch Monologe die Situation banalisieren.
- Kuscheln (grenzachtend) gibt dem Kind Sicherheit, Kraft und Trost. Körperliche Nähe beruhigt und schafft Vertrauen.
- Dem Kind zeigen, dass es mit seinen Gefühlen ernst genommen wird.
- Dem Kind ein Traum-, Trost- oder Gefühle-Buch schenken, zum Hineinschreiben, Malen oder Gestalten. Wenn das Kind möchte, schauen Sie sich das Buch gemeinsam an, zum Beispiel jeden Sonntag (als Ritual) im Familienbett, das lässt Geborgenheit entstehen und erleichtert das Erzählen. Die Erwachsenen dürfen dem Kind lauschen, aber keine Bewertungen äußern oder ständig nachfragen. Ansonsten verschließt sich das Kind.
- Tränen und Weinen sind Ausdruck des Kindes, um auf seine Not aufmerksam zu machen. Tränen lösen oftmals die Anspannung. Haben Sie keine Angst vor den Gefühlen Ihres Kindes. Begleiten Sie das Weinen liebevoll oder geben Sie dem Wunsch des Kindes nach, wenn es alleine weinen möchte, aber vermitteln Sie die Sicherheit, dass es jederzeit zu Ihnen kommen kann, um getröstet zu werden. Weinen ist Befreiung und Heilung zugleich.

- Die unterschiedlichen Gefühle der Kinder akzeptieren. Manche Kinder, oft Jungen, zeigen ihre Traurigkeit durch Wut, Aggressionen oder Entwertungen. Gerade diese Kinder brauchen keine Strafen, sondern dringend Trost. Sie fühlen sich alleingelassen und einsam, und daraus entsteht Angst. Sie wollen willkommen sein und dazugehören.
- Ratschläge und Handlungsanweisungen sind etwas anderes als Trost. Getröstet wird mit dem Herzen, während Rat im Kopf verarbeitet wird. Aber bei seelischem Schmerz erreichen wir den Kopf nicht, da der Körper emotional pulsiert.
- Nutzen Sie Ihre Energie und Zeit, um Ihr Kind zu trösten, und nicht, um die Situation zu klären. Zum Sicherheitgeben werden Sie dringender gebraucht.
- Positive Gedanken an schöne Erlebnisse können je nach Situation trösten. Durch stärkende Gedanken entstehen neue Glücksgefühle.
- Geschichten zur Entspannung erzählen, denn der Kontakt und die Berührung mit der vertrauten Stimme ist tröstend.
- Kreativität – Malen, schreiben, musizieren oder tanzen Sie gemeinsam.
- Lachen und Humor nicht vergessen!

# ZUM WEITER-LESEN

Aliki
**Gefühle sind wie Farben** (Beltz & Gelberg)

Zwei kleine Vögel geben in diesem bunt und liebevoll gestalteten Bilderbuch-Klassiker Kindern und Erwachsenen Hinweise, wie Gefühle empfunden werden können. Anhand verschiedener Alltagssituationen werden Gefühle wie Wut, Traurigkeit, Freude oder Einsamkeit benannt und nachvollziehbar gemacht.

Ursula Enders, Dorothee Wolters
**Auf Wieder-Wiedersehen** (Beltz & Gelberg)

Der kleine Felix und seine Freunde spielen viel zusammen und haben immer neue Ideen und viel Spaß miteinander. Dann wird Felix plötzlich ganz komisch und knallt sogar sein geliebtes Skateboard in die Ecke. Sein Papa zieht aus und der Junge hockt traurig und allein auf der Bordsteinkante. Gemeinsam überlegen die Freunde, wie sie Felix helfen können und was er tun kann, damit es ihm wieder besser geht.

Paul Friester, Philippe Goossens
**Heule Eule** (Nord-Süd)

Die kleine Eule heult und heult. Die verschiedenen Tiere des Waldes lassen sich einiges einfallen, um sie zu trösten: Schaukeln im Spinnennetz, Nüsse, Reden … Aber die kleine Eule heult und heult. Sie scheint untröstlich – bis endlich die Eulenmutter herbeigeflogen kommt und sie in den Arm nimmt.

Byron Katie, Hans Wilhelm
**Tiger-Tiger, ist es wahr?** (Palaysia)

Der kleine Tiger glaubt, dass seine Welt zusammenbricht. Von der weisen Schildkröte erfährt er, dass ihm nicht die Dinge selbst Probleme bereiten, sondern das, was er darüber denkt. Je mehr er lernt, seine Gedanken zu überprüfen, desto wohler fühlt er sich.

Kai Lüftner, Katja Gehrmann
**Für immer** (Beltz & Gelberg)

Egons Papa ist gestorben und kommt nicht mehr wieder. Die Menschen um Egon herum wirken plötzlich so komisch und verhalten sich ihm gegenüber ganz anders. Da gibt es die Grinser, die Flüsterer und die Sprachlosen. Aber Egons Mama ist ehrlich zu ihm: »Es wird nie wieder so sein, wie es mal war … Aber es wird weitergehen.« Ein poetisches Kinderbuch.

Ulf Nilsson, Eva Eriksson
**Die besten Beerdigungen der Welt** (Beltz & Gelberg)

Drei Kinder gründen an einem langweiligen Tag ein Beerdigungsinstitut für tote Tiere. Ihr Ziel ist es, die besten Beerdigungen der Welt auszurichten. Sie teilen die Aufgaben genau auf. Ein Kind ist für das Schaufeln des Grabs zuständig, ein anderes denkt sich ein Gedicht aus und der kleine Putte soll dazu weinen. Nun wird Ausschau nach toten Tieren gehalten.

Inger Ryden
**Wir ziehen nach Appeldorf** (Boje)

Liebevoll und einfühlsam wird für Kinder nachvollziehbar beschrieben, welche Ängste und Unsicherheiten ein Umzug auslösen kann. Die kleine Mathilda will wissen, was alles mitgenommen wird. Sie sagt, ich brauche meine Art des Abschieds, und sucht sich im Spiel mit viel eigener Fantasie eine eigene Welt dafür. Als die Familie am neuen Haus angekommen ist, versteht Mathilda, warum sie dorthin gezogen sind.

Viveca Sundvall
**Mein Bruder ist immer noch mein Bruder** (Oetinger)

Jimmy wollte Popstar werden. Für seine Schwester war er wie die Sonne. Er hat sie gewärmt. Sie waren glücklich. Dann kam ganz schleichend die heimtückische Krankheit und Jimmys Lachen verstummte für immer. Er ist nur zehn Jahre alt geworden, aber im Herzen lebt er weiter. Aus Sicht der Schwester wird über tiefe Gefühle und über die Krankheit von Jimmy erzählt.

# QUELLENNACHWEIS

Marcela Barth: *Alles über Körpersprache der Kinder.* Ravensburger 1996

John Bowlby: *Bindung als sichere Basis. Grundlagen und Anwendung der Bindungstheorie.* Ernst Reinhardt 2010

Kerstin Gernig: *Helft Kindern den Tod zu begreifen.* Fachverlag des deutschen Bestattungsgewerbes 2014

Gundula Göbel: *Emotionale Hungersnot.* www.gundula-goebel.de

Gundula Göbel: *Schrei nach Geborgenheit.* Briefgestöber 2013

Thomas Harms: *Auf die Welt gekommen. Die neuen Baby-Therapien.* Leutner 2000

Nora Imlau: *Freundschaft. Wie Kinder sie erleben und Eltern sie stärken können.* Beltz 2014

Charmaine Liebertz: *Das Schatzbuch der Herzensbildung. Grundlagen, Methoden und Spiele zur emotionalen Intelligenz.* Don Bosco 2013

Eva Reich und Eszter Zornanszky: *Lebensenergie durch sanfte Bioenergetik.* Kösel 1997

Krissy Pozatek: *Mokassinkinder. Mutig. Neugierig. Selbstbewusst.* Beltz 2014

Katrin Purtscher-Penz: »Resilienz: Entwicklung und Wachstum trotz belastender Lebensbedingungen«, in: 16. Jahrestagung der GAIMH 2011

Eckhard Schiffer: *Wie Gesundheit entsteht.* Beltz 2013

Nicola Schmidt: *Mut. Wie Kinder über sich hinauswachsen.* Beltz 2014

Aletha J. Solter: *Wüten, toben, traurig sein.* Kösel 1994

Margot Sunderland: *Die neue Elternschule.* Dorling Kindersley 2006

D.W. Winnicott: *Vom Spiel zur Kreativität.* Klett-Cotta 2012

Hansjörg Znoj: *Ratgeber Trauer. Informationen für Betroffene und Angehörige.* Hogrefe 2005

**Websites:**

www.familienhandbuch.de

www.mapapu.de

## Danksagung

Nun ist das Buch geschrieben und ich hoffe, es trägt dazu bei, dass viele Kinder auf warmherzige, trostgebende und liebevolle Erwachsene treffen.

Seien Sie aber nicht zu streng mit sich, wenn Sie nicht immer in der Lage sind, alles Beschriebene zu beherzigen. Kinder spüren unsere Grundhaltung, und wenn wir dieser manchmal nicht entsprechen, entschuldigen sie es. Die überwiegend positive gemeinsame Zeit trägt über Unzulänglichkeiten hinweg. Herzenswärme ist in der Familie immer möglich.

Es gibt Zeiten, ich kenne es aus meiner Zeit als Mutter, da haben Eltern nur begrenzt Energie und sind nicht immer fehlerfrei. Gerade in eigenen bewegenden Zeiten hatten meine Kinder auch andere Erwachsene als Ansprechpartner und Trostgeber. Für mich war das eine große Erleichterung.

Mein Dank geht an meine kleine Familie: meinen Mann und meine erwachsenen Kinder, die mein Wissen und meine Gedanken so wundervoll unterstützt haben. Ihre Rückmeldungen bereichern meine Arbeit sehr.

Von Herzen bedanke ich mich bei meinem Lektor Tarek Münch, der es mir ermöglichte, dieses Buch auf meine Weise zu schreiben.